ほかならぬあのひと

瀬戸英晴
SETO Hideharu

Nobody
else

文芸社

はじめに

引きこもりの少年が、外に出る機会を持てないまま、就職もできず、中年になり初老を迎え、といった話をよく聞きます。こういう話を聞くと、わたしは本当にひと事ではないと感じます。

少年時代から、わたしにとって「考える」ということは、何かを積み上げていくという意味での「建設的」なものとは程遠いものでした。自分を責めるもうひとりの自分がいて、その審問に耐えなければ生きている価値がないと言い立てる。「考える」とは、その審問に答えることを意味していました。うまくは表現できませんが、回し車のなかでネズミがグルグルと回転している姿を想像していただければ、それに近いと思います。

高校生のときには、キルケゴールの『死に至る病』のなかの「自己とは自己自身に関係するところの関係である」を繰り返しつぶやいているような暗い青年でした。この時期、相当期間学校には通っていません。登校拒否のはしりのようなものです。

ところで、先ほどのキルケゴールの言葉を約《つづ》めると「自己とは関係である」であって、その言述のなかにさらに「自己」も「関係」も含まれているので、これを定義とみれば矛盾しています。しかし、人間はまさにこの種の矛盾としか言いようのないもののなかにあって、人生とは、そこに自覚的に飛び込んで生きることなのだと考えていました。この考え方の基本的なところは今も変わっていません。

さすがに、青年時代の青臭い思弁の世界に浸っていては精神的に参ってしまうし、税理士資格も取得し、一応社会人として働いてはいても、このままでは真っ当な人生を歩んでいけないと、我ながら思うほどに衰弱は亢進していたので、意図的に「考える」ことをやめることを試してみました。

アメリカのワシントンＤＣにある大学院のＭＢＡ課程で過ごした二年間です。慣れない外国生活、違う言語、毎日課される膨大な読書量と課題提出、全く不得意なプレゼンテーション。これらに否応なくさらされると、いやでも別の生き方をつかみ取るだろうと考えた末の決断でした。

帰国して、いったん退会していた税理士会に再入会し、顧問先の概要がようやく飲み込めるようになる頃までには、無事に真人間の仲間入りができたようにも思いました。マーケティングに興味がある三十過ぎ男として自分を認識し、このまま仕事に埋没して生きても本望と思っていたほどです。

しかし、実務のなかに生きることは、思弁の世界に閉じこもるよりは、ずっと複雑な世の中の矛盾と対峙することにほかなりません。やがて、矛盾のなかに飛び込むためには、もう一度「考える」ことを本気で苦しまなければならない、そう思うようになりました。

税理士の仕事のなかで使うべき知恵として、どのようなものを想像されるでしょうか。欲を言い募る人がいれば、決まり事を列挙して、世の中はそう甘くはないことを知らしめる。争い事があれば言い分の「なかを取って」みせて利害を調整し、その場を取り繕う。そういう、時代劇に出てくる長屋のご隠居の知恵のようなものではないでしょうか。

これらは実際、重宝されるし、職業倫理にかなう頭の使い方だと思います。わたしは長屋のご隠居であっても一向に構わないのですが、それでももしかし、と考えます。

ご隠居がただの頑固親父で、長屋の人たちから敬して遠ざけられる人物ならば、それは決して問題の解決でもなく、彼の知恵が世の中を善くすることにはつながらないでしょう。あるいは、誰からも尊敬されないけれども、あの人の言うことにとりあえず従っておいて、本当の解決は先送りしようという、そういう便利屋さんとして認識されるだけかもしれません。

わたしは世の中を善くしようと、そればかり心がけているわけでもありませんし、尊敬されたいと執着するわけではないのですが、結果的にそうなる道ならば開いておきたいと、ある時期から考えるようになりました。

「あなたの言い分はもっともなところがある、こちらの言い分だって出鱈目というわけでもない。ところで、あなたはこういうことにこだわってものを言っているようだが、一歩引いて世の中を見てごらん。そうすれば今のこだわりが嘘のように小さく見えるじゃないか」―たとえば、老人がこう語って、長屋の人たちの世の中の見え方が少しでも見通し良くなれば、そして争い事の元を笑えるようになれば、それは世の中を善くすることだと思います。「たずきの道」の税理士稼業にも、いくらか自負するところが見いだせるとも思うのです。

別に税理士業に限ったことではありません。人と接し人に影響を及ぼしつつ、世の中を少しでも善くしたいと思う、すべての人の願いに通じるものだと思っています。

こう思い至って「考える」ことを再開するまでは、尊敬する人を亡くし茫然自失するという、わたしなりの右往左往がありました。そのあたりの事情を、本書第一章で詳らかにしています。

第二章では、より具体的な人の言葉のなかで、わたし自身が感銘を受けたものを、その人物の生き方とともにご紹介します。

第三章では、茶道について触れています。実のところ第一章で述べたことの多くを、茶道の稽古のなかで言語化できた側面もあるからです。茶道に興味のない方にも読んでいただけるよう、茶道の技術的な記述は極力避けたつもりです。

本書は、ここ十年余り書きためた日記やブログ記事をもとに構成したものです。時間の流れがある分、全体のロジックにブレがあるとは思います。ここは、わたしがその都度本当に感じたことを優先した結果だと、ご了解いただければ幸いです。

目次

ほかならぬあのひと

亡き父に本書を捧げます

第一章　舞台の上にいること

一　死者と隣り合わせにいる

老化の効用

歳をとって独り言が増えました。

令和元年還暦を迎えはしたものの、仕事は変わりなく続けていて、まだまだ老け込まないとは思っています。しかし、独り言が多くなったことを家人に指摘されると、年齢のことを自覚せざるを得ません。ところが、よく口をついて出る独り言のひとつが、死んだ母親の独り言とそっくり同じであると、別の感慨にもとらわれます。さすがにＤＮＡの遺伝の産物ではないとすると、死者がわたしを通して独り言を発しているようにさえ感じるのです。そして生きているこちら側で、死んでしまった人と同期できるようになったのならば、それは老化のひとつの効用ではないかとも思います。

仕事柄、わたしは人の死に向き合う機会を多く持っています。

クライアント企業の創業者が亡くなったというファックス通知が届いて、その日が通夜ならば、職場のロッカーに常備している黒いネクタイを締めて出向きます。場合によってはそのまま相続がらみの話に移ることさえあります。社歴の長いクライアントとのお付き合いが多いため、事業を次世代に引き継ぎ終えた先代経営者の亡くなるシーンに出会うことが多いのです。

わたしは、生前に創業者の苦労話などを伺っていて、その人と深く接しているつもりでも、亡くなったあとに抱く「近しい感覚」は生前のときを凌駕します。それは、亡くなった人の思い出や残されたものと反復して関わるうちに、その人がいつのまにかそばにいる存在に変わっていくからではないかと思っています。

とりわけ相続の仕事のなかで、被相続人（財産を遺して亡くなった人のことです）の遺物を拝見するうちに、改めてその人の生き方、ものの考え方に深く感銘を受けることがあるのです。依頼者である相続人よりも、亡くなった被相続人の方がはるかに近い存在になることは、珍しいことではありません。

被相続人の日記

相続税の税務調査でこんなことがありました。

相続人のひとりがわたしのオフィスに相談にこられたものの、相続財産の種類が現金や有価証券に限られており、財産評価もさほど難しくないので、結局相続人ご自身で申告を済ませた案件でした。わたしが関与することなく税務申告が終わって一年ほど経ったのち、税務署から相続人に電話があり、税務調査をするので自宅まで伺いたいというのだそうです。

税務申告をお願いしたわけでもないのに本当に申し訳ないのだけれどもと詫びながら、その相続人（亡くなった人の長女）が税務調査の立ち合いをお願いできないかと依頼してきたのです。

事情を訊けば、亡くなったお父さんは十年以上前に妻に先立たれており、長男、次男、長女の三人の子どもたちも独立して、趣味の仲間たちと余生を悠々と暮らしていました。ところが、このお父さんが亡くなる五年前、東京でビジネスマンとして成功していた次男がビルから飛び降りて自殺してしまいます。次男は仕事一筋の人で妻子もおらず、唯一の相続人は父親であったため、遺した相当額の現預金をお父さんが引き継ぐことになりました。

税務署が税務調査で調べたいというのは、どうやらこの次男の遺した現預金が、お父さんの相続財産に反映されているかどうかを確認するためのようでした。

亡くなったお父さんは、その日の出来事を細かく手帳に書き記す人だったということなので、その手帳を見せてもらいました。次男から引き継いだお金の行方が分かるかもしれないと思ったからです。

被相続人は本当に几帳面な人で、小さな文字で日々の出来事を、毎日必ず五行ほどにまとめて書き付けていました。誰とどこで会い、何をしてどう感じたのか、簡潔に一日も漏らすことなく日記は記されていました。

そんななか、次男の亡くなった日の日記の文字は痛ましいほど乱れていました。

「東京の警察から連絡あり、○○（長男）と一緒に急いで飛行機を手配して向かう」
「遺留品の確認をする」

数日後には、「ビルのオーナーさんにご挨拶とお詫びに伺う」という記述もありました。小さく「かえって優しい言葉をかけて頂き恐縮する。有難うございます」とも書かれていました。

さて、税務調査はこの日記のおかげで、何月何日、どこでどのようなお金の流れがあったのか、つぶさに判明したので、申告漏れ分の修正申告をして終わりました。相続人が意図的に隠したわけでもないことが日記からも読み取れたため、罰金に当たる重加算税の課税もありませんでした。

わたしは人の日記を数年分ほどまとめて、ここまで詳細に読み込むという経験が初めてでもあり、しばらくの間、この人の魂が自分に乗り移ったような錯覚を覚えました。何より、このお父さんの周りに対する気遣いや優しさが温かな手触りとして、よみがえったように感じたものです。

相続税の調査の過程であったため、亡くなった次男との関係で、その後の出来事を把握しようと努めていたのですが、日記を読み進めていくうちに自然に、亡くなったお父さんの気持ちが、次男の死亡の日付に向かって逆行しているように感じるようになりました。この人は次男を死なせてしまったことに、後悔を抱えているように思えて仕方がないのです。

そうしてみると、自分の手元に遺ってしまった次男の蓄えが、どんなにか重荷だったろうということも分かってきます。いっそなくしてしまいたいものだったに違いありません。次男に与えきれない思いを、ほかの子どもたちや周囲の人たちへの優しさで、取り返そうとしているようにも思いました。

その税務調査が終わってから、わたしは亡くなった人と同じような日記帳を買い込み、短い日記をつけるようになりました。わたし自身が、誰から何を受け取り、何を返さずにいるのかをきちんと把握しておきたいと思ったからです。

人から受け取ったものを正しく認識するのは、受け取ったずっと後になってのことの方が多いのだと思います。わたしたちは、あまりにも多くのものを当然のように受け取って澄まして生きているのではないでしょうか。そして、恩返しをしようにも当のその人が亡くなってしまってから、そのことに気づくばかりです。

たとえば、わたしにとって返しきれないほどの恩を受けた職場の先輩は、もうこの世にはいません。亡くなった当時の喪失感をどんなに並べ立ててみても、お礼を言うべき人が帰ってくるわけではありません。それでも、受け取ったバトンの重さを思い返すほどの意味はあるのかもしれないと思います。

亡くなった先輩のこと

もう二十年以上昔の話です。

わたしは、その先輩の仕事の正確さを常に目標としており、人の心を浮き立たせるような暖かい人柄に少しでも近づきたいと思っていました。プライベートにおいても良き相談相手でいてくれた人です。仕事についての戸惑いも遠慮なく相談させてもらいましたが、「あなたなら大丈夫、肩の力を抜いて、もっとあなたらしく仕事に向かってみては」と言ってもらいました。今の仕事が不向きなのではと思い詰めていた時期だったので、どんなに励みになったかしれません。

その人が検査入院した二週間後、急いで入院先の大学病院へ訪ねて行くようにとの職場の指示がありました。病室を訪れると、点滴スタンドを引きずりながら待合室にわたしを誘導し、今しがた癌の告知を受けたこと、職場復帰は難しいと思われるので仕事の引き継ぎを急いで行ってほしい旨を、淡々と告げるのでした。ご迷惑をおかけして申し訳ないとまで言われるのでした。

数か月後、仕事が一段落したので、静養されているご自宅まで、仕事の報告かたがたお邪魔したときのことです。顔色もよく、ツナギの作業着姿で迎えてくれた先輩に、「まるで庭仕事でも始めそうな勢いですね」と軽口を飛ばすと、照れたように静かに笑っていました。そして窓から見える隣家の桜を指さしながら「見てください。今年の桜は特にきれいなんですよ」と言われるのです。

ひとしきり話をした後、いとまを告げようとすると、もう少しいいじゃないですか、と言われます。いつもは気をまわして引き留めることのない人にしては珍しいなと思いながら、体に障ってはいけないと思い、その日はそのまま退出することにしました。

思えば先輩にお会いした、これが最後の日でした。

葬式の帰り道、チャンチンという名の中国産の街路樹が淡いピンク色の新芽を吹きだしていました。例年ならばしばらく足を止めて見入る芽吹きの前で、わたしはわが目を疑いました。浮き立つような彩りを見せているはずの新芽が、まるで薄墨を付けた筆でスッとなぞった跡のように見えたのです。

しばらくぼんやりと歩いていると、満開の桜を背に笑っているツナギの作業服を着た姿が目に浮かんできました。

もう桜を見ても美しいと感じないのかもしれない——そうも思いました。

同時に、余命が幾ばくもないことを知っている先輩は、満開の桜を見てこれが最後の桜だと悟ったに違いないと思いました。これまで見た桜とは全く違って見えたことだろうと思うと、こらえていた涙があふれてきました。

二　あの人だったらどうするだろう

バトンを受け取る

わたしは重たいバトンを受け取ったにもかかわらず、それを誰かに受け渡すことを考える余裕もなく、ただただ悲嘆にくれるばかりでした。

今、そのバトンを誰かにきちんと受け渡すことができているのか、はなはだ心もとないのですが、「バトンを受け取ること」ならば伝えることができるかもしれません。

あの人だったらこんなときどうするだろう、先輩の死のあと、事あるごとにそうつぶやいていました。尊敬するあの人だったらどう考え、行動するだろうかと。それは、先輩が亡くなったことでふさぎの虫に取り憑かれたわたしが、最初に閉じこもった窓のないトーチカのようなものだったと思います。しかし「あの人だったらどうするだろう」と考えることが、やがて、わたしを「わたし」の外へと導いてくれる、一筋の光明をもたらすようになりました。

季節がめぐって、チェンチンの新芽が彩りを取り戻したとき、あの人にも世界はこのように映っていたはずだと考えるようになりました。

あの人だったらどうするだろう、というつぶやきは、「ほかならぬあのひと」がこの世の中をどうとらえていたろう、という問いへと変わっていきます。そして、「あの善きひとが善きことをすべき場所」として、この世界が現れるようになったのです。

自分のなかに行動の基準を求めるのではなく、尊敬する人が取るであろう行動に思いを馳せるのは、あまりにも人に寄りかかりすぎた姿のように映るかもしれません。もっと自分の内側からにじみ出るような目標を見いだすべきだと。しかし、本当にしっかりとした自分を確立することで、みずからが従うべき基準を見いだすことができるのでしょうか。

他の人にはなくて自分にあるもの、自分にしかない素質、そういうものが「自分」であって、それを開花させるのが自己実現である、普通そのように考えられます。そうやって「自己実現」した自分のみが下しうる判断のなかに、みずからを律する基準も当然に含まれていると考えてしまうことがあります。

しかし、少し考えてみれば分かることですが、「わたし」という言葉を理解するということは、「あなた」があなた自身を「わたし」と呼ぶルールを受け入れたということでもあるはずです。これは哲学者の鷲田清一《わしだきよかず》さんの受け売りなのですが、わたしは「わたしだけ」ということの否定において、初めて「わたし」であることになります。自分というものをはっきり確立することで、自分なりの判断ができると思い込んでいる人に、すっぽり抜け落ちているのがこの視点です。

「わたし」から「あのひと」へ

理屈っぽくなりますが、青臭いわたしなりの考えに、少しだけお付き合いください。「わたし」というものは、そうすると確固たる実体ではなく、「あなた」があなた自身を「わたし」と呼ぶことでようやく成り立つ、大きなゲームの駒のようなものです。そして、このゲームは、わたしたちひとりひとりが生まれる前からすでに存在し、勝手に機能しているのです。この諸々のゲームの束を「関係」という言葉でまとめると、「わたし」とは、すでにさまざまな先行するものに媒介されている「関係の網」の結び目のようなもの、と言い換えることができます。その「関係」に仕方がないなあといった具合に関わることで「わたし」が生まれるというのが、実際のところなのではないでしょうか。

しかし、そうだとすると、もうひとつ次のような疑問が湧いてきます。

わたしに先行する関係も、それを仕方がないと受け入れ関わるすべも、わたしが意思の力で選びとることのできない、あくまでも受け身の姿勢になってしまわないのか。最初から最後までお膳立てのできあがった芝居のようなものにすぎないのだとすると、生きていくことの積極的な意味はどこにあるのか。

他の人が自分自身を「わたし」と呼ぶのとは全く違う、「ほかならぬこのわたし」というものがあって、それをしっかりと形にして、解き放ちたいというのが、思春期の自我の目覚めだと思います。これが成人しても「自己実現」を追い求めさせる原動力なのだとも思います。

しかしながら、自分というものが自分に先行するさまざまな関係に媒介されていることを忘れて、自分の解放を求めるのならば、自分の思い込みのなかで堂々めぐりを繰り返すだけです。「あの人だったらどうするだろう」と問うてみて、それが「ほかならぬこのわたし」を満足させる回答を求めるだけならば、それは窓のないトーチカに立てこもるようなものです。それは先輩が亡くなったあと、わたしが行き当たった袋小路でした。

わたしが、ここから抜け出すことができたのは、「ほかならぬあのひと」がこの世の中をどう見ていただろうと、視点を「わたし」から「あのひと」に移すことによってでした。


自分がいかに卑小な人間であっても、自分が気になる人が偉大であれば少しは気持ちに余裕が持てる。どこにもしっかりした判断基準を求めることができないまま、ギリギリの選択を迫られたときにたどり着く切ない思いが、わたしを袋小路から引き出してくれました。「あの人だったらこんなときどうするだろう」そう思うことが、結局は自分の尺度になるのではないか、こう考えることで、スッと世界が開けるように感じたものです。

「ほかでもないこのわたし」から「ほかならぬあのひと」に想いの先を変えることで、世の中が生き生きとよみがえる、ということはわたしにとって疑いのない事実でした。そしてこの働きにこそ「ほかならぬこのわたし」の呪縛から解放されて、なおかつ約束事だらけの世の中が賦活《ふかつ》されるための知恵がひそんでいるのだと思います。

ベルクソンは「憧れの感情」こそ、道徳の基本だと述べましたが、これまで考えてきたことをそのまま言い表しているように思います。先ほど述べた「関係の網」に無自覚に住まうことを「閉じた社会」と呼び、そこに安住することなく、優れた存在による呼びかけに導かれて「開いた社会」へ勇躍することをベルクソンは道徳と呼びました。

わたしが亡くなった先輩から受け取ったものは、励ましの言葉や仕事のうえでの心構えといったことがら以前に、「ほかならぬあのひと」が事実いてくれたことなのだと思います。受け取ったバトンは、その人の存在そのものだったと思うのです。

葉室麟さんと上野英信さん

少しわたし自身の話から離れて、作家の葉室麟《はむろりん》さんと筑豊文庫の上野英信《うえのえいしん》さんの話に触れたいと思います。まさに、ある人の存在が、そのままバトンになることを示してくれるエピソードです。

わたしは葉室麟さんのファンで、発行されたすべての単行本が本棚に並んでいます。葉室さんは新聞記者を経て、五十四歳で文壇デビューするという遅咲きの作家ですが、六十六歳で亡くなるまで、猛烈なスピードで時代小説を書き続けました。そのなかでベストはといえば、やはり直木賞受賞作『蜩ノ記《ひぐらしのき》』だと思います。葉室さんが癌を患った晩年、困難な闘病になるから一緒に伴走してくれと告げられた担当編集者は、その姿が、まるで『蜩ノ記』の主人公戸田秋谷《とだしゅうこく》ではないかと感じたそうです。新聞の追悼文に載っていました。

葉室さんは生前、あなたの小説に描かれる主人公は、誠実で辛抱強く、高潔な人物なのだが、そんな人が本当にいるのかとよく聞かれる、と語っていました。そのとき葉室さんは即座にこう答えたのだそうです。わたしは確かにそういう人にお会いして話をしている、だからそういう人物を描けるのだ、と。

没後刊行のエッセイ集『曙光を旅する』（朝日新聞出版）に筑豊の炭鉱労働者を追い続けた記録作家、上野英信さんの思い出が書き綴られています。まだ大学生だった葉室麟さんが、筑豊文庫を訪ねたとき、上野さんは「あなたが来るというので昼間、僕が近くの土手で取ってきたよ」と言って、つくしの卵とじを振る舞ってくれたのが忘れられない思い出だ、そう葉室さんは書いています。

『蜩ノ記』は、山村に幽閉され、家譜編纂を終えたら直ちに切腹をするよう命じられている戸田秋谷を、監視役の若い武士檀野庄三郎が訪ねていくところから始まります。葉室さんはこの自作の冒頭部分を読み返して、「自分の人生でも尊敬する人を訪ねた経験がある」と思い至って、その光景が筑豊文庫訪問の様子とそっくり重なっていることに初めて気づいたと、同書で明かしています。

筑豊の炭鉱労働者を追い続けた記録作家、上野英信さんは、その自宅を「筑豊文庫」として開放しました。多くの学者、作家、ジャーナリスト、学生がここを訪れ議論する場所だったのだそうです。

上野さんは関東軍に入隊し、将校として広島に配属され、その地で被爆します。戦後復員して京都大学に編入しますが、中退し出奔するように筑豊の炭鉱労働者になります。上野さんは公安や福祉事務所の手先ではないかと疑われながら、廃坑集落の住民の悩みを聞き、励まし、叱り、声を噛み殺しともに泣いて、地域に受け入れられた人でした。

葉室さんが生前語っていた「わたしは確かにそういう人にお会いして話をしている」というそのひとりは、間違いなく上野英信さんです。

葉室さんは上野さんのバトンを受け取り、作品を通して受け取ったバトンを次へと渡し続けたのだと思います。上野さんのような人がいたから、自分はこの世の中を善きものとして描くことができる、その世界を善きままにバトンとして受け渡したい。その一念で最晩年にも作品を遺し続けた姿は、そばで見ていた編集者からは、『蜩ノ記』の戸田秋谷のように映りました。それは上野さんの姿を映したものでもあったと思います。

三　人生を豊かにするもの

約束事の世界

さて、先ほどわたしは、バトンとして受け取るのは、この世の中の「関係」に、「仕方がないなあ」といった具合に関わる、その関わり方のようなものだと述べました。「関係」という言葉では、どうしても観念的な話になってしまいそうです。そこで、かつて取り決められた決まり事や、個人が果たすべく期待されているルーティンの行為を「約束事の世界」と呼んでみましょう。

うんと古くまでさかのぼれば、言語がそうでしょうし、法律もそうだと思います。そしてほとんどすべての仕事は「約束事の世界」のなかで、良きパフォーマンスを発揮することを目指して行われるのだと思います。

青臭い哲学や文学の話から、俗なビジネスの話に変わってしまい恐縮ですが、わたしが仕事のなかで実感していることにも触れてみたいと思います。

わたしの職業である税理士業は、毎年変わる税法の「約束事」を納税者にお知らせし、思惑違いがあれば正してあげて、別の代替案を示してあげるということで生計を成り立たせています。複雑すぎる「約束事」によって、わたしたち専門家は生活をしているとも言えるでしょう。

しかし、クライアント企業の顧問料を主たる収入源とする事務所の立場からすると、「このように決められている以上、仕方ありません、あきらめてください」という身も蓋もない返事をするわけにもいきません。クライアントとの直接交渉に当たる事務所スタッフの神経のすり減らしようは、察するに余りあるものがあります。

けれども、当のスタッフから次のように言われると、どうにも「言葉が通じない」感覚を嚙みしめるばかりです。スタッフの言い分を平たく言うと、こうです。

税法という決まりがあって、クライアントの利益最大化の要請がある。両者の求めるところに齟齬があるのだとすると、オフィスとして「落としどころ」となる基準を設けてもらわないとスタッフとして身動きが取れません、と。

これに対して、わたしは次のように答えるようにしています。

税法の解釈に振り幅がある場合には、脱法行為にならない限度でクライアントの利益を最大化するのが我々の責務だが、法を犯さねば最大化が計れないならば我々は税法に従うしかないではないか。塩梅よい落としどころ、などという妙な色気を持たないことが大切だ。

スタッフには、逃げ口上のようにしか聞こえないかもしれませんが、仕事をするなかで自分なりの納得を得てもらうほかありません。

あえて言葉にして伝えるとすると、次のような説明になるでしょう。

わたしたちはクライアントとの長期契約によって、同じ時間を共有しています。この「時間」というものがいろいろなことを解決してくれるカギなのだと。

ある税制上の特例が使えると思っていたのに、前年の改正によって使えなくなったなどということは、しょっちゅう起こることです。そうであれば、より有利な制度を使えるように時間をかけて環境を変えてみましょうとか、この制度にこだわるよりも、長い目で見たときにもっと優先順位が高いことがありますとか、長期の視野に立ってアドバイスができるはずなのです。

税法という約束事が必ずしも現状にフィットしないけれども、将来有利に働くかもしれない、あるいは約束事そのものが時間の経過とともに変化するだろう、そういうことを全部「込み」でお付き合いしていれば、今の約束事と現状とを無理やり折り合いをつける必要もないのだと思います。

先ほど「時間」がいろいろなことを解決してくれると言ったのは、問題を先送りするということではなく、利害を共有する当事者どうしが、同じ「時間」を共有することで、息の長いものの考え方ができるだろうということなのです。時間を共有することは、約束事にのめり込むことと、そこから引いてみることの両方を、同じ人物の矛盾しない行いとして受け入れることを意味するからです。

税法という法律の「なかに入る」ことは、法律の文言どおりに「〜すべし」ととらえることであり、そこから一歩引いてみることは、その法律の有効性や適正性を経験則にそって判断することなので、両者を使い分けることは簡単な振る舞いのようですが、実務の世界では案外に難しいのです。そうであれば、「約束事の世界」が、職場での働き方であったり、文化に対する接し方であったりと、その範囲が広く微妙なニュアンスにまで及んでくると、もっと難しくなるのは当たり前かもしれません。

しかし、わたしは「約束事の世界」にどっぷり浸ることと、その世界から一歩離れてものを見ることの切り替えができれば、人はどんなにか仕事も人生も豊かにすることができるだろうかと考えています。

我を忘れるという経験

心理学者の河合隼雄さんがエッセイのなかに、子ども劇場の主催者から聞いた話という面白いエピソードを書いていていました。

それによると、最近の子どもたちは劇を見ていても、やじを飛ばしたり、悲しい場面のときに妙な冗談を言って笑わせたりして、劇の流れを止めようとするのだそうです。ちょうどクライマックスに達するのを妨害しているようだと言います。しかし、劇団の主宰者をより落胆させるのは、この子どもたちの態度を見て、その子の親たちが「今日は子どもたちがよくノッていましたね」と喜んでいるのを知ったときです。

舞台の上で素晴らしいことが起きていることを知っていれば、人はそこに没入し、我を忘れることができます。再び我に帰ったときにその舞台で起きたことを吸収することもできるでしょう。しかし、河合さんは、この我を忘れるという貴重な体験は、放っておいても実現するものではないと述べています。

「我を忘れる」ことは、しかし、怖いことだ。これができるためには、自分を投げ出しても「大丈夫」と抱きとめてもらう経験を持っていないと駄目である。死と再生の繰り返しが人間を成長させるという考えから言うと、このような身の投げ出しと受けとめによって、人間は強くなってゆき、「我を忘れる」体験を自分のものにすることができるのだ。

ところで、最近の子どもたちは、このような身の投げ出しと受けとめの経験が少なすぎるのではなかろうか。（『しあわせ眼鏡』海鳴社）

これは「人生という舞台」について、そのまま当てはまることだと思います。しょせん舞台の上で繰り広げられる作り物だと、たかをくくってしまえば、そこで起こる善きことは永遠に無関係のまま過ぎ去っていきます。この世の中の「約束事の世界」は作り物にすぎないとシニカルにとらえてしまえば、その人はずっと作り物の世界で生きていくしかないのだと思います。

ところで、約束事の世界にも、大小さまざまな世界があります。先ほどの税法という約束事は、人生という大きな尺度のなかでは、比較的小さな世界と言えるでしょう。この小さな世界に向き合うにあたっても、「これは約束事だから守らなければならないのだ」とまっすぐに向き合う局面と、その約束事から一歩引いて、その効用や善悪などを見渡す局面の両方があって初めて、物事は深みを持ってわたしたちの前に現れてきます。

まっすぐに向き合っても大丈夫と受け止めてくれるのは、信頼してくれるクライアントであり、それを保証するのが、共有する「時間」なのではないかと思います。道具立ての使い方としてはずいぶん乱暴なのかもしれませんが、少なくとも、わたしはそう考えることで、約束事ともクライアントとも矛盾なく、お付き合いすることができています。

そして、先ほども述べたように、のめり込むことと、一歩引いてとらえ直してみることは、約束事の範囲が広く、ニュアンスが複雑になるにつれて困難になります。その困難を可能にしてくれるのが、わたしにとっての特別な存在――ほかならぬあのひと――なのです。

我を忘れて「人生という舞台」に飛び込むことは、先に河合隼雄さんが言ったように「放っておいても実現するもの」ではありません。わたしの尊敬する先輩は、亡くなったあとも北極星のように「ほかならぬあのひと」でいてくれます。

人生という大きな舞台の上で、「ほかならぬあのひと」だったらこの舞台をどう見ていただろうかと一歩引いてみることで、余裕もできます。そうすることで、この世界に安心して向き合うことを許してくれています。これは人生を豊かに彩ってくれる、得難い贈り物だと思うのです。

舞台に上がる

わたしは、俳優の渥美清さんが好きで「男はつらいよ」シリーズのすべてを観ています。彼の伝記（『渥美清　浅草・話芸・寅さん』堀切直人著／晶文社）を読むと、寅さんシリーズの初期には、あてがわれた役柄を必ずしも好んでいなかったのだそうです。ところが、十二作、十三作と進んだ頃、山田洋次監督に向かって、しみじみと述懐したのだそうです。自分は初めの頃、寅次郎をバカにし、距離を取っていたけれど、最近は寅次郎に追い抜かれていくようで不安なのだ、と。

これを聞いた山田洋次監督をはじめとするスタッフは強い感銘を受けます。山田監督は次のようにそのときの様子を語っています。

渥美氏のこの考え方は私たちスタッフに大きな影響を与えた。そのころから、私たちにとっての寅は、無知な愚か者であるより、自由を愛し、他人の幸福をもって自らの幸福と考え、財産、金銭には全く無欲な、神の心をもった存在に変わりつつあった。また寅の故郷である葛飾柴又の「とらや」は私たちにとっても永遠のふるさととなりつつあったのである。（前掲書）

渥美清の述懐に山田監督をはじめスタッフが感銘を受けたのは、渥美清が自身と寅次郎の両方の視点を持って作品をとらえていて、寅次郎に引きずられるように、良い作品世界を築こうとしていたからではないかと思います。渥美清にとって、寅次郎は「ほかならぬあのひと」だったのです。

渥美清は、寅次郎をただの割り振られた役割にすぎないとは割り切らず、かといって寅次郎が映画のなかで完結することを目標にしていませんでした。両方の視点を行き来しながら作品に厚みを持たせて、葛飾柴又の「とらや」をスタッフ全員の永遠のふるさとに変えたのです。寅次郎に追い抜かれるかもしれないと、不安を隠さない渥美清がいたから「寅さんシリーズ」の世界は賦活されていったのではないでしょうか。

わたしたちは、初めから人生という「舞台の上」に置かれていて、舞台の外を知ることのない存在に過ぎません。だから舞台の上がすべてだと開き直ったり、たかが約束事だと斜に構えたりせず、舞台の上にいるみずからを省みることは、複数の視点を往復する運動においてのみ実現されます。

大病をしてもともと体が弱かった渥美清さんは、年を重ねるにつれ、この視点の運動に体力を削がれていったようです。渥美さんは晩年に次のように語っていました。

誰もわからないだろうけれど、オレにとって、寅は高い舞台なんだよ。よいしょっと、力を入れて上がらなければ、なかなか寅にはなれないんだよ。若い頃はそれでもよかったけれど、年をとってくるとな、その舞台が、ますます高いものに見えてきた。上がるだろ、で、一回降りるだろ、すると次にまた上がるのが大変なんだ。（前掲書）

自省的な人であり、プライベートの側面を一切公表したがらなかった渥美さんの素顔に、わたしたちは彼の舞台の上で触れていたのでした。それは絶え間ない運動の所産であり、それゆえ優れて知性的な振る舞いであったと思います。

四　視座の移転を可能にするもの

絵に描いた餅

わたしたちは複数の視座を往復することで、いったんは「舞台の上」を相対化します。そのうえで、視座を移転して舞台に戻った役者は舞台の上に没入します。そうすることによって舞台の上を賦活することができる、ここまでを確認してきました。

しかしこの役者は没入すべき舞台と、いったんは相対化した舞台に対して、どのように折り合いを付けて、もう一度のめり込むことができるのでしょうか。そもそも視座の運動を可能にする世界は、どのように見えているのでしょう。

心理学者の河合隼雄さんはそのエッセイのなかで、理想の伴侶を追い求めて結婚に至った男性が、次第に相手に幻滅し破局に至る過程について「絵に描いた餅」という表現を使って説明しています。

その男性は三年間の交際期間で「優しい賢い女性」という、内なる「絵に描いた餅」を現実の女性（現実の「餅」）に投影して見ていたに過ぎませんでした。彼は自分の理想と現実との乖離であったと、みずからの不運を嘆き、相手の女性を恨むことになります。しかし河合さんは、そこに立ち止まらずにもう一歩踏み込むことの大切さを次のように語ります。

しかしここでもう一歩踏み込めないだろうか。三年間も彼女に騙されていたなどと考えるのではなく、自分の心の中で活動し続けた「優しい賢い女性」という絵姿は、自分にとって何を意味するのだろうか、と考えてみる必要があるのではなかろうか。彼女は偽物だったかもしれないし、何だったか不明にしても、自分の心のなかにひとつの絵姿が存在し、優しさとか賢さとかの属性をもって活動していたことは「事実」なのである。そしてその絵姿こそが自分を色々な行為に駆り立てた原動力なのである。(『こころの処方箋』河合隼雄著/新潮文庫)

「優しい賢い女性」という「絵に描いた餅」は決して普遍的な理想ではないかもしれないけれども、自分を突き動かしていた何ものかであることは間違いのない事実です。翻って、自分を突き動かす何ものかは、このような「心のなかの絵姿」以外の形でわたしたちの前に現れうるのでしょうか。

河合さんの言う「もう一歩踏み込んで考える」とは、自分の置かれた舞台が確かに息づいていたことを想起することです。今となっては「絵に描いた餅」にすぎないものも、ありものの素材を組み合わせることで、わたしの生を輝かせていたことを、改めて確認するのです。

こうすることで、わたしたちは自分の舞台を疑いのない本物にしようと追い求めるのではなく、どのような形であれ輝かしいものにしようと考えるようになります。そして、それがやがて色褪せてしか見えなくなることがあるとしても、自分にとってどれほど切実なものであるかを感じることができます。自分の心のなかの絵姿がどれほど自分を突き動かすのかという自覚は、それを煎じつめれば絵に描かれたものにすぎないという認識とは矛盾することはありません。

だからこそ、なんらかのきっかけで開かれた新たな世界は、それが生き生きと輝いて見えるというその事実によってのみ、のめり込むことができるのだと思います。それは「本物」との関係において検証されるのではなく、より善くするために、わたしが深く関わることを待っている世界です。

道元の『正法眼蔵』にも「画餅」という巻があり、仏教に造詣の深い河合さんはそれをモチーフにして、先ほどのエピソードを書いたのだと思います。道元は「画餅」をニセモノとし、本物の餅とは区別する態度を否定します。ニセモノと区別される確かな本物があって、本物のみを追求しようとするところに「苦」が生まれると、道元は説くのです。

そして、本物もニセモノも区別がないと言ってシニカルに構えるのではなく、それでも

「画餅」を善きものとして選択する決意のあり方を、道元は説いています。

みずからが限界だらけの「この世界」で生きることしかできないことを自覚した者は、決して諦観ではなくその限界のなかで「精一杯生きよう」と考えるようになります。何をそんなに深刻ぶっているんだい、と自分を突き放して見ることのできる、ユーモアの感覚もまた、ここから生まれるのだと思います。

ユーモアの感覚

人生の重大な岐路に立たされたとき、そのような自分を突き放すように戯画化してみせることのできる人がいます。周囲の心配をよそに、「なんでもないことさ」と周りに目配せしながら困難に立ち向かおうとするような人です。

フロイトは、『ユーモア』という短い論文のなかで、ユーモアとは超自我が苦境におかれた無力な自我に「そんなことはなんでもないさ」と励ますものだと述べています（『フロイト著作集3　文化・芸術論』所収、人文書院)。「ねえ、ちょっと見てごらん。これが世の中だ、ずいぶん危なっかしく見えるだろう。ところが、これを冗談で笑い飛ばすことは朝飯前の仕事なのだ」と。

自分自身のなかに、子どもである自分(自我)と、それに対して父親のように接する自分(超自我)が重層的に存在し、その二重性をユーモアによって巧みに支配することができるのだとフロイトは述べています。

子ども(自我)が見ている世界は、親や社会によって抑圧的に刷り込まれた他律的な社会規範のようなものです。これになんらかの態度を迫られた子ども(自我)はたびたび苦境に立たされます。その子どもに向かって、「世の中は危なっかしく見えるだろうが、簡単に笑い飛ばすことができるのだ」と親(超自我)は救いの手を差し伸ばすのです。

このような超自我は、自己抑制をすることを、親が身をもって教えることによって、ようやく身につけることができます。フロイトは「自我」が他律的な規範の世界に閉じ込められるのに対し、「超自我」を自己抑制によって培われる自律的な規範の側面としてとらえました。

超自我は強靭さを増すことで、どんなに惨めな状況に陥ったときでも、今の苦境にとらわれずに視点を変える柔軟性を持つことができます。それが超自我のユーモアの働きです。

先ほどの「約束事の世界」に即して考えてみると、約束事の世界に入ることはできても、一歩身を引いて、もう一度没入するという局面がないのが「他律的な規範」の世界と言えます。人から押し付けられた規範に対して、押し付けられた当人は盲目的に追従することも、やみくもに反発することも両極端の対応を取ることができます。

そうではなく、約束事から身を引いて全体をとらえ直す視点を持ちつつ、そのうえで約束事に没入するのならば、それは無意識裏にせよ、みずからが選びとった規範にほかなりません。今の苦境にとらわれることがないのは、視点の移動を、約束事を受け入れる前提としているからです。そうしてみれば、フロイトの超自我は「ほかならぬあのひと」の働きと重なってみえてきます。

ここでもうひとつ、とらわれから自由になることとユーモアについて触れた優れた仕事を紹介したいと思います。

美学者の伊藤亜紗さんの著書『目の見えない人は世界をどう見ているのか』（光文社新書）は、視覚障害者との関係のあり方について優れた知見をもたらします。のみならず、本書は我々の認識を変換させることによって、ようやくたどり着ける地平を指し示す、愉悦の書でもあります。

わたしにとって、本書のなかで最も感銘を受けたくだりが、視覚障害者のユーモアの感覚でした。

視覚がないことによって受ける不利益に対して、正面から異議申し立てをするのではなく、みずからを笑ってみせるという、その佇まいを著者は特に取り上げます。見えないことによる自由度の減少を、ハプニングの増大として受け入れ、周囲に対しても困難な状況をポジティブに伝える態度です。

レトルトのパスタソースのパッケージはどれも同じ形状をしているので、障害者はそれを口にするまで何味なのかが分かりません。回転寿司に行ってお皿を取っても同じです。それをゲームやおみくじ装置として楽しみ、愉快に伝える姿が描かれています。現実が自分を苦しめようとしているけれども、そんな状況をものともせず、「世の中そんなものさ」とユーモアで笑い飛ばすのです。

生物学者を志していた著者の伊藤さんは、自分ではない体に変身することを生物学を通して体感しようとしていました。みずからの器官、それがたまたま眼という器官ならば、その器官のとらわれから自由になって、変身することを著者は提案します。

自分を笑い飛ばすことのできる強さを生み出すものは、とらわれからの自由なのです。

そして、ユーモアを持って新しい約束事に飛び込んでゆく、その生き生きとした姿がここで描かれています。

グスコーブドリの決断

没入していた世界から一歩離れてみて、もう一度その世界に没入するということが、ユーモアの働きを通して成し遂げられることを、これまで見てきました。先ほど「絵に描いた餅」の話をしましたが、世の中をそういうものとして受け入れる割り切りができれば、それだけで視座の移転ができるわけではなく、生きる姿勢としてのユーモアが欠かせない要素なのだと思います。

ここで、ひとつの物語の主人公に焦点を当てて考えたいと思います。視座の移転に必要なもののもうひとつの要素として、「引き受ける覚悟」を考えるためです。

宮沢賢治は、明治二十九年（一八九六年）と昭和八年（一九三三年）の二度の三陸地震・大津波に挟まれるようにして生涯を終えています。賢治の亡くなる昭和八年に生涯二度目の地震・大津波が訪れますが、その前年昭和七年に、賢治は『グスコーブドリの伝記』を「児童文学」に発表しています。自然災害に立ち向かうブドリの姿は、賢治にとってリアルな存在だったに違いありません。

旱魃《かんばつ》や稲熱病による飢餓のために一家離散となりさまざまな遍歴を経たブドリは、偶然クーボー大博士と火山局技師のペンネンナームに出会います。農民を悩ます旱魃や冷害などの対策のために、火山を工作して降水量を調節したり、噴火を小出しに調節したりする火山コントロールに成功したブドリたちは、農民たちから大いに感謝されることになります。ここまでが、世界に没入する第一の局面です。世界に没入しながら、世界とうまくやっていく平和な姿です。

ブドリは、ある冷夏の年に、空気中の炭酸ガスを増やして気温を上げるため、カルボナード火山島を噴火させることを思いつきますが、その作動スイッチを押す人間は、火山島に残って死ぬしかありません。老いた自分がその役割を担うと言うペンネン技師を説得して、ブドリはみずからボタンを押す役割を果たすのでした。

これが、世界に没入する第二の局面ですが、この判断をしたために、ブドリは命を落とすことになってしまいます。結果的に、もう二度と世界に帰ってくることはできません。しかし、ブドリが世界からはじき出されたのは、これが初めてではありませんでした。ブドリの両親は旱魃による飢餓から脱出するために、相次いで山に入り行方不明になりました。いわばブドリは被災遺児として「救われずに残った者」として最初から登場しています。

『グスコーブドリの伝記』はブドリの農民に対する救済の話ではなく、「救済されなかったブドリ」が、世界とどのように関わるかという物語ととらえることができるかもしれません。一度世界からはじき出されたにもかかわらず、ブドリはそこでひねくれて斜《はす》かいに構えるのではなく、もう一度その世界に立ち戻るのです。拒絶されたとしても世界に立ち戻るそのことを、ブドリ自身が選びとることが最後に描かれています。

そうとらえてみると、ブドリが自分を最後の任務に就かせるようクーボー大博士を説得する、次の台詞は別の色合いを帯びてきます。

私のようなものは、これからたくさんできます。私よりもっともっとなんでもできる人が、私よりもっと立派にもっと美しく、仕事をしたり笑ったりして行くのですから。

（「グスコーブドリの伝記」『童話集風の又三郎』岩波文庫）

ブドリはここで、みずからをバトンを渡す人として位置付けています。孤児のブドリにとって、周りの大人たちは自分勝手に振る舞うだけの存在でしたが、クーボー大博士とペンネン技師は違いました。彼らはブドリの能力を見抜き、仕事を与えて人々に奉仕する喜びを教えたのです。ブドリは彼らの姿を見ていて、「今度は自分の番だ」と覚悟を決めたのに違いありません。

気仙沼市立階上《はしかみ》中学校の卒業生答辞

グスコーブドリの話をするときに、わたしは必ず思い出すシーンがあります。
東日本大震災で大きな被害を受けた気仙沼市立階上中学校の卒業式で、卒業生が答辞を読む姿で、当時何度かテレビでこの様子を目にしました。
同級生の多くを震災で失ったこの卒業生代表は、防災教育で知られた学校にもかかわらず多くの被害者を出さざるを得なかったことは、辛くて悔しくてたまらないと述べます。そして震災は「天が与えた試練というにには惨すぎるものでした」と声を詰まらせます。十五歳の少年は続けてこう述べるのでした。

しかし苦境にあっても天を恨まず、運命に耐え助け合って生きていくことが、これからの私たちの使命です。

「苦境にあっても天を恨まず」のひとことが、「救済されなかったブドリ」の天に対する態度、世の中に対する態度に通じるように思います。答辞を読んだ少年は、たったひとりで孤独のうちに、その覚悟を手にしたのでしょう。しかし、彼は防災教育の進んだ学校で、先生や先輩たちから受け継いだ何ものかを、もっと大きなものにしてバトンをつなぐように、次へと引き継ごうと決意したのではないでしょうか。その先輩のいく人かは、震災で命を落としている、その人たちから受け継ぐバトンです。

十五歳の少年がたったひとりで、それを引き受ける孤独を、わたしたちは想像することができます。卒業式の映像を見ながら、わたしは彼をおおう孤独を、常に思い返すよう心に決めました。そうすることによって、バトンを引き継ぐことの覚悟を、少年と共有したいと思ったからです。

亡くなった人の話から始まって、ずいぶん遠くまで来てしまいました。わたしは先輩からバトンを受け取ったと自覚し、そうすることで世の中との関わり方、距離の取り方とのめり込み方の両方を考え続けるきっかけになりました。

あのひとだったらどうしただろう、と考えることで、この世の中が善きものに見えてくることがあります。少なくとも、善くすべく勇気を持って向き合うものとして立ち上がります。今までどっぷり浸かっていた世界から、一歩引いて別の視座から世界を見るという視座の運動によって、世界は豊かにそして活力を帯びたものに変わるのです。わたしにとって、それは閉じこもっていた狭い殻のなかから、広く視界が開けた経験でした。そしてこれを一度きりの経験ではなく、繰り返し立ち返るべき姿勢として、わたしはとらえています。実際、それからも多くの尊敬すべき人に出会い、その都度新しい世界が開けるのを感じています。

だから、これまで使ってきた「没入していた世界から一歩引いてみる」、という表現から生じうる誤解を取り除くべきかもしれません。一歩引いてみることのできる安全地帯のようなものは存在せず、没入すべき複数の世界のみがあって、移転する可能性の認識と移転する意志と行動とが、我々ひとりひとりに開かれているのだ、と。そしてこの視座の移転においてのみ、我々の自由が存在するのだと思います。

この視座の運動を通して、自分を苦しめる小さな出来事のひとつひとつが、笑えるほどに小さく見えてきます。そう考えて世界に関わる立場を誰かが共有するのならば、自分自身がバトンになる覚悟のようなものも、おのずから湧いてくるのではないかと思うのです。

最後にもうひと講釈、これまで述べてきたことを端的に言い表す言葉をご紹介したいと思います。

わたしは孔子の言葉のなかで、「述べて作らず、信じて古《いにしえ》を好む」にとても親しみを覚えます。「わたしは古の礼法を言っているだけで、新たに何かを創作したわけじゃない」、と孔子は言うのです。そしてこう続けます。「これは、ひそかに老彭《ろうほう》のやり方をまねているだけなのだ」と。老彭とは、殷の伝説上の賢大夫彭祖《ほうそ》のことを指すとも、老子と彭祖の二人のことを指しているとも言われています。

ともあれ、孔子にとって「老彭」は「ほかならぬあのひと」だったのでしょう。わたしは老彭が見たようにこの世の中を見て、そこで見事に息づいている「古」を生き生きとよみがえらせるだけなのだ、と孔子はみずからの教えについて語ります。これは謙遜などでは全くなく、世の中を賦活するための深い知恵なのだと思います。そしてそう語る孔子は多くの人にとって、「ほかならぬあのひと」として輝き続けています。

おそらく孔子がそう感じたように、受け取ったバトンはわたしを、ひとつところで全力を尽くすよう励ますと同時に、何ものかにとらわれることなく一歩を踏み出すことを助けてくれる、かけがえのない存在なのです。

第二章　仰ぎみる北極星

　前章では、わたしなりの世の中との関わり方について、大切にしている心構えについて述べてきました。これらの話は、わたし自身の経験を踏まえた到達点を、自分に向けて覚え書きにしたようなもので、多くの人に共感してもらえるのかどうか、はなはだ心もとないところです。
　本章では、具体的な人の生き方に触れて、わたし自身が受けた驚きや感動を、そのままに綴りたいと思っています。そうすることで、ようやく人の心に共鳴してもらえる何ものかを差し出すことができるのだと考えます。

　学園紛争のなか、苦悩しながら病に倒れた高橋和巳は、高校生のわたしにとってかけがえのない存在でした。その遺作エッセイ集『わが解体』（河出文庫）のなかで、立命館大学全学封鎖中の様子を書いており、そこに描かれている人が気になる存在として印象に残っていました。鉄パイプで頭を殴られた翌日も、遅くまで大学の研究室の灯りをともし、研究を続けた「S教授」について、高橋は次のように書いています。

対立する学生たちが深夜の校庭に陣取るとき、学生たちにはたった一つの部屋の窓明りが気になって仕方がない。その教授はもともと多弁の人ではなく、また学生達の諸党派のどれかに共感的な人でもない。しかし、その教授が団交の席に出席すれば、一瞬、雰囲気が変わるという。無言の、しかし確かに存在する学問の威厳を学生が感じてしまうからだ。

このS教授が、中国古代文学の泰斗白川静だとかなりあとになって分かり、深く納得したものでした。白川静は中国古代文学を研究するなかで、金文・甲骨文字に込められた古代の儀礼をよみがえらせます。著作のなかに古代の宇宙を映し出すようです。数千年の時を隔てて、北極星のような遠くの目標を描き出すことのできる、稀有な存在と言えるでしょう。学生たちにとってたったひとつの窓明りが気になって仕方がなかったのは、その人がみずからのなかに北極星を抱き続けた人だったからではないでしょうか。仰ぎみる窓明りは、学生たちを惹きつける光を放っていたのだと思います。
針路を見誤らないための、北極星のような遠くの目標は、生きるための指針になるだけではなく、生きることそのものを厳粛なものにしてくれると思います。

本章では、生き方について感銘を受けた具体的な人の姿、常々思い返すようにしているエピソードを描いていきたいと思います。それらは、書物を通して知り得たものではありますが、わたしにとっての「ほかならぬあのひと」なのです。

一　仙厓《せんがい》和尚

靄然接人《あいぜんせつじん》

越後の良寛和尚には山田杜皐《とこう》という与板に住む俳人の親友がいました。良寛は与板へ行けば、造り酒屋でもあった杜皐の家に泊まり、大好きな酒を心ゆくまで飲み、語り合ったといいます。

良寛が最晩年の折、三条市を中心に大地震が起こります。良寛の住んでいる地域は被害が少なかったのに対し、与板の被害が深刻であったことを聞いた良寛は、杜皐へ見舞いの手紙を送っています。

災難に逢う時節には災難に逢うがよく候　死ぬる時節には死ぬがよく候
是はこれ災難をのがるゝ妙法にて候　かしこ

このように、見舞いの手紙の中に書かれていました。

後年、良寛の「失言」とも解釈されるこの文言は、良寛と杜皐のお互いの生き方への共感を抜きにして正しく解釈することができません。良寛は「頑張ってください」とは決して言わず、「災難にあったら慌てず騒がず災難を受け入れることです。死ぬ時が来たら静かに死を受け入れることです。これが災難にあわない秘訣です」と声をかけます。

被災を自分の身に置き換え、自分だったらどう考え、どう覚悟を決めるだろうか、そうやって考え抜いて紡ぎ出した言葉を、被災した友人に届けたのでした。この言葉を受けた杜皐は、次への一歩を泰然と踏み出す勇気を得たのではないでしょうか。

思想家中村天風の弟子でシステム工学研究者の合田周平さんが『中村天風と「六然訓」』（ＰＨＰ新書）のなかで触れていた逸話です。合田さんは次のような話を紹介しています。

良寛と同時代に博多の臨済宗聖福寺の住職を務め、多くの禅画を残し町人からも仙厓さんとして親しまれた仙厓和尚が臨終の間際に、弟子たちから「何か最後のお言葉を」と求められた。そのときに残した言葉を、中村天風から聞いた。笑いたくなるくらいの名言なのである。

和尚は、言い続ける。「死にとうない、死にとうない」有り難い言葉を期待していた弟子たちが再度、今のお気持ちをと問うと、「ほんまに、ほんまに」と答えて息を引き取ったという。（前掲書）

合田さんは「悟るとは、どんな事態に直面しても平然と生きるということであり、平然として死と対峙することではないのである」と解説します。災難や死を生と対立したものととらえるのではなく、両者を容認し融合するような姿勢が大切なのだと。

しかしこうも考えます。師匠の死に直面して狼狽する弟子たちを、これほどに和ませ団結させる言葉があっただろうか。また、直ちにみずからのうちに沈潜させて、おのおのの覚悟を強いる力に満ちた言葉があっただろうか、と。ひとしきり悲嘆にくれた後、それがやがて泣き笑いに転じ、そして静かな自省へと返ってゆく弟子たちの姿が目に見えるようです。

合田さんがこれらの逸話を使って語りたかった教えとは、中村天風の「六然訓」のうち「藹然接人（藹然として人に接す）」であり、これは陽明学『聴松堂《ちょうしょうどう》語鏡《ごきょう》』の六然訓「処人藹然」を出典としています。

人に寄り添う心をもって人に接しなさい、というこの教えは、日常使われる「和気《わき》藹々《あいあい》」という言葉や、草木がこんもりと茂ったさまを「藹藹《あいあい》」ということなどから「藹然」のイメージをつかむと、その意図するところを理解しやすいのではないでしょうか。

心の通じ合った友人として、弟子たちに慕われる師として、相手が次の一歩を自然に踏み出せるような言葉をかけることは、想像するほど容易なことではありません。そして良寛や仙厓が前に述べたような言葉を発し、それが友人や弟子たちの心に響いたのは、常日頃「藹然」とした関係を築き得ていたからだと言えます。

いざという時に、そのような言葉を発することができるよう身を処しなさいという教えが「藹然接人」です。山田杜皐が良寛の視点でものを見る、聖福寺の弟子たちが仙厓の視点でものを見ることを可能にする「藹然とした関係」は、前の章でみた「ほかならぬあのひと」としてそばにいてくれる関係と言い換えることができると思います。

仙厓はとりわけ弱い立場の人に寄り添って生き、多くの人に慕われた人でした。わたしは、仙厓の飄々として人の心を和ませる姿に、前章で述べた亡くなった先輩の面影を見ることがあるのです。

死にとうない

仙厓の生涯は小説『死にとうない　仙厓和尚伝』（堀和久著／新潮文庫）に詳しく描かれています。以下に述べる事柄は、大部分を同書に負っており、史実との相違がある場合には、ご容赦ください。

仙厓和尚入滅の際、その枕頭には檀家総代の黒田藩家老久野外記の姿がありました。彼もまた「死にとうない」の最期の言葉を耳にしたことでしょう。

外記がどのような気持ちでその最期を看取ったのか記録にはありませんが、大きく心に響くものがあったと思われます。外記と仙厓には複雑な因縁があり、にもかかわらず外記は和尚を心から頼みにしていました。


仙厓和尚には、庶民に対しては限りない慈愛を向けながら、権力に対しては毅然として対峙し節を曲げない峻厳さがありました。

その姿勢を物語る出来事が、黒田藩主主催の「菊見の宴」での藩主説教事件です。

御三卿一橋家から迎えた若い藩主斉隆《なりたか》は、折からの凶作による領民の困窮を省みず、驕奢遊惰にふけり菊作りに興じるありさまでした。仙厓は宴の前夜、激しい雨のなか箕を着て笠をかぶり菊花園に忍び込み、藩主が大切にしていた菊花を鎌で残らず刈り取ります。翌朝、菊見の宴で激怒する藩主斉隆の前に進み出た仙厓は、自分が菊花を刈り取ったことを伝え、三十万領民と菊花のどちらが大事かと説教をします。お手打ち覚悟の大説教でした。

この事件を受けて、菊見の宴は翌年から沙汰やみとなりました。

菊見の宴の責任者である菊見奉行は、ひと月ほど謹慎蟄居の処分を受けますが、これが後の黒田家家老久野外記の父親でした。

後に家老に昇進した久野外記は、藩政の立て直しに苦渋することになります。前藩主斉清が三十九歳で隠居を強いられ、薩摩の島津家から新藩主長溥《ながひろ》を迎えたことで藩内に揉め事が起こり、加えて領内に飢饉が続いたため財政が逼迫していたのです。

そんなある年の元旦、外記が初夢に鷹を見ます。この瑞兆を形にして新年の希望にしたいとして、外記は鷹の絵とめでたい画賛を仙厓和尚に所望しました。

仙厓はこれに応えて、さらさらと鷹の絵を描き、次のような画賛を入れます。

夢は五臓の疲労　たかの知れた夢　外記はバカバカとなく

これではとても家老には見せられないと狼狽する用人に、仙厓は笑って応じるだけです。恐る恐る手渡す用人から和尚の絵を受け取った久野外記は、画賛を見て大きくうなずいたのだそうです。

仙厓は家老の激務と苦境を誰よりも気遣い、肩の力を抜いて、気負っている自分を笑い飛ばしてみなさいと言葉をかけたのでした。人の心に寄り添って生きるとは、まさにこのことではないでしょうか。

仙厓和尚の臨終の席には、家老、藩士、雲水、学僧、歌人、俳人、町人、百姓の区別なく集っており、湿っぽさのない、むしろ陽気な雰囲気であったと言います。「死にとうない」の仙厓の最期の一言は、このような人たちに向けて、振り絞るように吐き出されたのでした。陽気に自分の死を迎えてくれる、これらの人々に寄り添うような言葉だったと言えます。

仙厓の遺偈《ゆいげ》

玄侑宗久《げんゆうそうきゅう》さんは著書『やがて死ぬけしき』に、博多の禅僧仙厓さんの遺偈（禅僧が末期に臨んで門弟や後世のためにのこす偈）について触れている箇所がありました。偈そのものの不思議さもさることながら、仙厓さんをこよなく愛する玄侑和尚の解釈も愉快なので、引用させてもらいます。

来時知来処（来る時　来る処を知る）
去時知去処（去る時　去る処を知らん）
不撒手懸崖（手を懸崖に撒せず）
雲深不知処（雲深くして処を知らず）

〔訳〕生まれてきたときに、どこから生まれてきたのかを知ったように、去っていくときに、どこに去っていくのかわかるんだろうなあ。でも、手を今崖っぷちにひっかけている状態で下を見ると、雲が深くてどこにいくのかわからない。

まあ、これは非常に格好悪いですね。弟子がそれを見て「ちょっと師匠、カッコ悪いんですけど、何かもう一言ないでしょうか」と聞いたほどです。すると、期待に応えてもう一言呟いたのですが、これが「死にとうもない」というセリフだったと伝わっています。（『やがて死ぬけしき』サンガ新書）

偈の三句目と四句目の、脱力した感覚を理解するためには、玄侑和尚の説明にもう少し補足が必要かもしれません。

禅語で「懸崖撒手《けんがいさっしゅ》」とは、崖で手を離して飛び降りること、勇気を出して思い切って物事に当たることを言います。この意味のまとまりに「不」を付けて否定してしまうことで、往生際がよくなくグズグズと死なずにいる様子を表すことになります。

四句目の「雲深不知処」は、中国唐代の詩人賈島《かとう》の「隠者を尋ねて遇わず」の結句と同じです。隠者の弟子の童子に「隠者はどこにお出かけになったか」と尋ねると、「先生は薬草を採取しに行かれた」と答えます。童子は続けて言います。「山中にはおられるのですが、こう雲が深くてはどの辺だか一向に分からない」と。

賈島の詩からは、いつ現れるとも知れない隠者のとぼけた様子を告げる童子と、それを聞く者のニヤリと笑う様子も伝わってきます。

仙厓さんは、こう言おうとしたのではないでしょうか。

こうやって往生際が悪く死にきれないでいると、いつとも知れずフッと現れる隠者のように、あるともないとも知れない世界に迷い込んだような気がするよ。

死にゆく自分を見つめるもうひとりの自分がいて、まるでこんなふうじゃないか、と語ってみせて皆を笑わせたあと、仙厓さんは「死にとうないなあ」とつぶやいたと思うのです。

東北地方の行脚

仙厓和尚は、博多の聖福寺の住職に就く前、不遇で暗闇を模索するような時期に、東北地方を行脚しています。玄侑宗久さんは著書『仙厓　無法の禅』（ＰＨＰ研究所）のなかで、仙厓和尚が天明の大飢饉の後、東北地方を旅した道程は、ちょうど東日本大震災の被災地に重なるのだと述べています。

仙厓自身が、蓮池の泥のなかに入り込むようにして、やがて鮮やかな花、ユーモアにあふれ誰をも惹きつける大輪の花を咲かせた過程に、間違いなくこの東北地方の行脚があったはずなのです。

ずっと時代をさかのぼると、鴨長明は『方丈記』の前半部分で、若い頃の大地震、飢饉、大火など自然災害に見舞われた記録を記しています。そして同書の後半ではすべてを捨てて方丈で暮らすみずからの生活ぶりを、執着を捨てた生活として描いています。ところが最後の最後になって、こうやって執着を捨てたことを得意げに語ることこそが「執着」ではないかと自問し、放り出すように筆を置くのです。

長明は、災害によって手ひどく痛めつけられた被災者が、それでも立ち上がろうとする姿に恥じて、唐突に筆を置いたのではないでしょうか。前章でご紹介した中学校の卒業式の答辞を読む少年に向かって、「執着しないこと」を得々と話すことができるでしょうか。

一方、仙厓の記録からは、底抜けに明るく親しみやすい姿、泥から頭を出した蓮の花だけが現れており、泥の中の経験で「無常」を語ってみたり、執着しないことを言い立てることもありません。今現に執着しない自分をさらけ出すだけです。

仙厓の絵画は「ゆるキャラ」のように自由奔放であり、その逸話も常軌を逸したところがあります。和尚がかつて経験したであろう苦難をはるかに凌駕するような、底知れない明るさを放つが故に、同時に和尚の苦難にも思いを致すことができるのです。

仙厓はその親しみやすさから、どちらかというと深い畏敬の対象として語られることが少なかったように感じます。しかし、わたしにとって仙厓は、たとえどんな苦境のなかにあっても、この世の中に生きていても大丈夫、と支えてくれる存在なのです。

二　宮沢賢治

宮沢賢治と常不軽菩薩

宮沢賢治の「雨ニモマケズ」は、死後発見された手帳に収められていました。後に「雨ニモマケズ手帳」と呼ばれるようになるこの黒表紙の手帳の中には、「土偶坊《でくのぼう》（ワレワレカウイウモノニナリタイ）」という十幕からなる戯曲の構想が残されています。「雨ニモマケズ」を戯曲化しようとしていたのではないかと言われるこのメモには、人々に笑われ石を投げられる「土偶坊」の様子が記されています。

さらに手帳の数十ページ後には、「不軽菩薩」の詩が記されており、まさに「土偶坊」の戯曲に響き合うような光を放っています。不軽菩薩こそ、人に嘲られ石を投げられて迫害を受けながらも人々を礼拝し続けた菩薩でした。この菩薩は法華経に登場し、法華経を厚く信仰する賢治にとって特別な存在だったのでしょう。

釈尊の前世に登場するこの菩薩は、会う人ごとに礼拝し讃嘆するので、人々は気味悪がり、やがて厄介者扱いされるようになります。

「わたしは深くあなたたちを敬って、軽んじたりしません。なぜならば、あなたたちはみんな菩薩の修行を行って、ついにはみほとけとなられるからです」。菩薩はこう人々に語りかけます。しかし、これを聞いた人々は、「この無智の坊主め、どこから来て、我は汝を軽しめずと言い、まさに仏になるなどと言うのだ」と罵り、杖でたたき、石を投げて追い払うのでした。それでも常不軽菩薩は避けて走り、遠くからなお「我あえて汝らを軽しめず、汝ら皆まさに作仏すべし」と唱えたと言います。

禅僧の南直哉さんは、何ものも欲望しないまま相手を肯定する行為を、亡くなって知る親の恩のようなものとたとえたうえで、彼が迫害を受けねばならなかった理由を、次のように述べています。

菩薩が迫害されるのは、考えてみれば当然です。礼拝された一般の人々は、普通「他者」の欲望に応えるが故に「自己」は肯定されるのだ、と考えています。つまり「取り引き」の世界の住人です。そこにいきなり、「あなたは仏になるだろう」などと「身に覚えのない」ことを言われて一方的に礼拝されたら、それこそ思い込みの押し付けのようにしか見えないでしょうし、「オレを馬鹿にしているのか」という怒りの反応にしかならないでしょう。この常人には理解しがたい、すなわち常人にはできない菩薩の行為は、「取り引き」の外側から、「自己」に無条件の肯定を与えているのです。(『刺さる言葉』南直哉著/筑摩書房)

わたしは不軽菩薩の特異性を確認するために、仏教の別の菩薩について語られていることと比較して考えるようにしています。以下は生半可な知識に基づくもので、見当違いをおかしているかもしれませんが、わたしなりの整理の仕方としてご了解ください。

初期大乗仏教の傑作と言われる「維摩経」の「入不二法門品《にゅうふにほうもんぼん》」には、維摩と三十二人の菩薩が登場し「不二の法門に入る(悟りの境地に入る)」とはどういうことかについて議論を重ねます。

「不二」の境地に達することを目指して議論を続けるうちに、つまり、これまで当たり前として受け入れたことを「二であること」（二項対立）として徹底して疑ううちに、菩薩たちの不二の境地を鳥瞰的に見渡そうとする「自分」が次々に解体されてゆきます。「維摩の一黙、雷のごとし」という維摩経のクライマックスとして知られる場面では、言葉を発することそのものを否定してしまいます。

「不二」が目指すことの逆のこと、すなわち「二であること」は、つまるところ「わたしにとって」物事がどう現れるのか、わたしにとって有利か不利か、損か得かと二区分するというものの見方を指します。「わたし」への執着が他者を道具としてしか利用しようとしない立場を生み出してしまいます。この「二であること」から脱し、他者を利用しないで自分の座標軸を見いだすためには、他者による承認を出発点にするしかありません。

維摩経から得られる「倫理」の視点とは、この菩薩たちの思弁のなかで得られるものである限り、おおむね以上のようなものにとどまるのではないかと思います。

解体に解体を重ねて最後にたどり着く地点とは、しかしながら倫理の「後づけ理論」にとどまります。この「入不二法門品」の枠組みから外に出ることなく、他者の承認が得られる「から」倫理的に行動できるのだとすると、それは南直哉さんの言うように「取り引き」の理屈になり下がってしまいます。

「取り引き」の世界の外側から、不意打ちのように与えられる無条件の肯定は、何かの解体の末にではなく、圧倒的な事実のなかにしか現れません。

宮沢賢治の小説「虔十《けんじゅう》公園林」の主人公虔十もいつもニコニコ笑っていて人々から軽蔑されています。彼はひとり黙々と杉の木を植え続け、やがて小さな杉林は子どもたちの遊び場になってゆきました。賢治は大きな救済を口にすることはありません。虔十の「杉の木を植え続ける」という具体的な行為のみを救いとして、わたしたちの前に描き出します。

鳥を捕る人

批評家の吉本隆明はその著書『宮沢賢治の世界』（筑摩書房）のなかで、『銀河鉄道の夜』に登場する「鳥を捕る人」に対するジョバンニの態度に注目しています。

『銀河鉄道の夜』に登場する人物は、信仰者であったり、人生について真剣に考える人たちであるのに、「鳥を捕る人」だけが異質です。途中から列車に乗り込んできて、ジョバンニやカムパネルラに何かと話しかけたり、二人が持っている切符を見てはしきりに感心してみせたりして、軽薄な印象を与える人物です。ジョバンニたちも波長の合わない会話に辟易しているうちに、気がつくと「鳥を捕る人」は消えていました。

そしてジョバンニはこう考えます。「どうしてもう少しあの人に親切に物を言わなかったのだろう」と。吉本はここに「常不軽菩薩」に対する賢治の信仰の姿を見ます。

弱小な人に同情するのではなくて、誰でもが日常体験していてあまり問題にしたがらないこと――ふっとかんがえると、「あらっ？」とおもうことをじぶんの倫理として気づくことが、人のもちうる最高の倫理であると宮沢賢治はかんがえるわけです。（前掲書）

倫理について語るとき、人は雄々しく偉大なものに仮託して語ろうとします。吉本は、宮沢賢治の倫理に対する態度がそれとは全く違うものであると指摘しています。

『銀河鉄道の夜』にはもうひとつ、ひたすら相手を認めようとする、温かな眼差しが描かれています。

この物語は、ボートから落ちた友達を助けようとしてみずからの命を犠牲にしたカムパネルラの捜索の場面で終わります。この場面でのカムパネルラのお父さんの佇まいが、ただの「気の毒な話」に終わらせない迫力をもって、我々の胸に余韻をもたらしてくれます。


けれども俄かにカムパネルラのお父さんがきっぱり云いました。

「もう駄目です。落ちてから四十五分たちましたから。」

ジョバンニは思わずかけよって博士の前に立って、ぼくはカムパネルラの行った方を知っていますぼくはカムパネルラといっしょに歩いていたのですと云おうとしましたがもうのどがつまって何とも云えませんでした。すると博士はジョバンニが挨拶に来たとでも思ったものですか、しばらくしげしげジョバンニを見ていましたが
「あなたはジョバンニさんでしたね。どうも今晩はありがとう。」と叮《てい》ねいに云いました。

ジョバンニは何も云えずにただおじぎをしました。（『銀河鉄道の夜』角川文庫）

ジョバンニは、すでに死んでいたカムパネルラと、長い長い旅を続けて、生きることと犠牲になることとを学んできました。その学びを温かく包んで見てくれていたのは、カムパネルラのお父さんだったのかもしれないと思うのです。息子の死に直面しても「どうも今晩はありがとう」と声をかけてくれる、その優しさだったのかもしれない、と。

それは『銀河鉄道の夜』の世界を支える眼差し、そう、自分を投げ出しても「大丈夫」と抱きとめてくれるような眼差しではないでしょうか。

銀河鉄道の切符

『銀河鉄道の夜』にジョバンニが切符を車掌から見せるように言われ、どぎまぎする一節があります。ジョバンニが上着のポケットを探ってみると、四つ折りした葉書くらいの大きさの証明書のような緑色の紙切れが出てきました。

それはいちめん黒い唐草のような模様の中に、おかしな十ばかりの字を印刷したもので、だまって見ているとなんだかその中へ吸い込まれてしまうような気がするのでした。

そばで様子を見ていた「鳥捕り」が、それは天上にでもどこにでも行ける大変な切符なのだとあまりにも大げさに驚いてみせるので、ジョバンニには「鳥捕り」が哀れな存在に思えてきて、どうしてこの人に親切にしてあげなかったのだろうと悔やむのです。

この切符にはいわくがあって、賢治が二十四歳のとき法華経の宗教団体国柱会に入会した際に授与されたマンダラの御本尊の姿が、切符の描写そっくりそのままなのです。賢治はこの御本尊を生涯、身辺から離すことがなかったといいます。

マンダラの上部には左右に振り分けて、「若人有病得聞是経　病即消滅不老不死（もし人、病あり、この経を聞くを得れば　病は即ち消滅し不老不死なり）」と書き込まれており、妹トシが病で亡くなったときにも、賢治はこのマンダラに祈り続けたことでしょう。

ジョバンニが「鳥捕り」に申し訳なく思う気持ちには、トシの病を治してやることもできず、教え子たちを幸せにすることもできずに、自分ひとりがこの切符を持って、天上にでもどこにでも行ける身分になっていることへの後ろめたさがあったのではないか、とも思います。

しかし、賢治はこの大切なマンダラを銀河鉄道の切符になぞらえることで、何を語ろうとしたのでしょう。

ジョバンニは、病気の母親のために牛乳をもらいに牧場に出かけると、いつのまにか銀河鉄道の列車の中にいました。

自分の意思で、この列車のこの座席に座ろうと考えたのではなく、気がついたら「この列車」に乗っていて「この座席」に座っていたのです。それはちょうどわたしたちが人生に対して、あるいは世の中というものに対して感じる、偽らざる思いではないでしょうか。

ジョバンニはこの列車に乗っていてよいという実感を得られないまま、突然、切符の提示を求められます。そうすると、自分でも思いもかけず「天上にでもどこにでも行ける」切符を持っていました。

さて、この切符は賢治のマンダラであり、それは法華経に全身全霊で飛び込んだ賢治の信仰の証でもあります。賢治は、「気がついたらこのようにあった世界」に対して、みずから選びとって「この席」に着いたのだと、そう考えようと決意したのだと思います。

しかし『銀河鉄道の夜』には賢治の信仰の高ぶりは描かれておらず、その切符を羨ましそうに眺める乗客への、申し訳ない思いだけが描かれています。

賢治は自分の信仰を、いつでもどこでも誰にでも通用するような、便利な法則のようには考えていなかったはずです。そうであれば信仰の証をいつも身近に持っていたり、それを持っていることに何か申し訳ないような気持ちになることもなかったはずです。普遍的な真理ならば、いずれ自然に具体的な形をとるだろうと、たかをくくっていればよいのですから。

今「この席」に着いていることには、何か大きなものにつながる理由があって、それを自分が選びとったのだということ、そしてそのことを絶えず思い出すのだという決意を、賢治は「切符」に託したのだと思います。


賢治の切符に託したものを、百年後の我々が大切なものとして受け取れるのは、それがいつでもどこでも通用する便利な法則などではないからだと思います。小説家で、賢治作品を翻訳したロジャー・パルバースさんは、宮沢賢治は二十一世紀の作家だと言います。

一八九六年に生まれ、その放った光が百光年かけて、ようやく現代にたどり着くような、たぐいまれな光を放つ作家なのだと。

三　中村哲医師

中村哲医師逝く

アフガニスタンで長年支援活動に携わってきた、ペシャワール会の医師中村哲さんが、二〇一九年十二月、東部ナンガルハル州ジャララバードで銃撃され死亡しました。活動拠点から二十五キロ離れた灌漑用水路の工事現場へ向かう途中だったのだそうです。

二〇〇八年、農業支援に取り組んでいた伊藤和也さんがアフガン人運転手とともに武装集団に拉致され、遺体で見つかる事件が起きた直後、ペシャワール会は日本人スタッフを引き揚げましたが、中村医師は残って活動を継続し、二〇一九年十一月に一時帰国したあと、十一月二十九日に現地へ戻ったばかりだったのだそうです。

中村医師の現地に自分ひとりでも残って、アフガニスタンの衛生環境の整備と医療体制の充実に努めようという不屈の気概は、彼の著書を読めば痛いほど伝わってきます。

中村哲さんの著書『医者、用水路を拓く』（石風社、二〇〇七年）は、ペシャワール会医療サービス（ＰＭＳ）とアフガンの労働者たちが、さまざまな困難を乗り越えて用水路を拓くまでの六年間の記録です。

そのなかで、粛然とした思いで読まざるを得ないくだりが、中村さんの当時まだ十歳であった次男の死に至るまでの過程です。二〇〇一年六月にその子が脳腫瘍と診断されたとき、中村さん自身が脳神経の専門医であるにもかかわらず、アフガニスタンでの活動を続けざるを得ませんでした。二〇〇二年十二月に様態が急変したため、中村さんは急きょ帰国することになります。

四肢の麻痺で体を動かせないその子は、中村さんの顔を見て「お帰りなさい！」と明るく目を輝かせます。しかし、やがて関節痛が高じて、普通の鎮痛剤が効かなくなり、我慢強い子が七転八倒するようになります。中村さんは日本では入手しづらいサリドマイドを、ペシャワールまでとんぼ返りしてまで手に入れようと考えます。ＰＭＳの仲間や他の医師の助けでようやく薬を手に入れたのが、その子の亡くなる二週間前でした。

息子の死に際し、「アフガニスタンの現地の今後も考え、情を殺して冷静に対処せねばならない」と考える中村さんは、その翌朝の様子を次のように記しています。


翌朝、庭を眺めてみると、冬枯れの木立の中に一本、小春日の陽光を浴び、輝くような青葉の肉桂の樹が屹立している。死んだ子と同じ樹齢で、生まれた頃、野鳥が運んで自生したものらしい。常々、「お前と同じ歳だ」と言ってきたのを思い出して、初めて涙があふれてきた。そのとき、ふと心によぎったのは、旱魃の中で若い母親が病気のわが子を抱きしめ、時には何日も歩いて診療所にたどり着く姿であった。たいていは助からなかった。外来で待つ間に母親の胸の中で体が冷えて死んでゆく場面は、珍しくなかったのである。（『医者、用水路を拓く』）

中村さんはわが子の死に接し、「空爆と飢餓で犠牲になった子の親たちの気持ちが、いっそう分かるようになった」と語るのです。

母親の胸のなかで寒さのために死んでゆく子どもたち、父親を心配させまいとして「お帰りなさい！」と明るい声を発してくれたわが子、その子どもらの姿に駆り立てられるように、みずからを奮い立たせたのではないでしょうか。中村医師を駆り立てたものを、その記録を通してもう一度思い描くこと、それが彼の地で倒れた勇者に少しでも近づく道ではないかと思います。

わが内なるゴーシュ

中村医師は、二〇〇四年、「イーハトーブ賞」を受賞しています。同賞は、岩手県花巻市が主催し、「宮沢賢治学会イーハトーブセンター」が、宮沢賢治の名において顕彰されるにふさわしい実践的な活動を行った個人を表彰するものです。

アフガニスタンでの用水路建設のため、授賞式に出席できなかった中村医師は、「わが内なるゴーシュ」というタイトルの受賞の辞を授賞式に寄せています。

そのなかで中村医師は、用水路建設には自分がいなければどうしても進まないことが多く、出席できないことを詫びながら、「ヒデリノトキハナミダヲナガシ　サムサノナツハオロオロアルキ」の心境で、日々工事に取り組んでいることを述べています。

そして、この賞が自分にとって特別であることを、次のように述べるのでした。

小生が特別にこの賞を光栄に思うのには訳があります。

この土地で「なぜ二十年も働いてきたのか。その原動力は何か」と、しばしば人に尋ねられます。人類愛というのも面映いし、道楽だと呼ぶのは余りに露悪的だし、自分にさしたる信念や宗教的信仰がある訳でもありません。よく分からないのです。でも返答に窮したときに思い出すのは、賢治の「セロ弾きのゴーシュ」の話です。セロの練習という、自分のやりたいことがあるのに、次々と動物たちが現れて邪魔をする。仕方なく相手しているうちに、とうとう演奏会の日になってしまう。てっきり楽長に叱られると思ったら、意外にも賞賛を受ける。

私の過去二十年も同様でした。決して自らの信念を貫いたのではありません。専門医として腕を磨いたり、好きな昆虫観察や登山を続けたり、日本でやりたいことが沢山ありました。それに、現地に赴く機縁からして、登山や虫などへの興味でした。（「ペシャワール会報」81号／二〇〇四年）

やりたいことが他にもたくさんあるにもかかわらず、ゴーシュのように次から次に現れる難題に取り組んでいるうちに、いつのまにかそこから離れられなくなってしまい、思いもかけず、こうやって賞賛を受けるようになってしまったというのです。

そして、中村医師はこう続けます。

幾年か過ぎ、様々な困難――日本では想像できぬ対立、異なる文化や風習、身の危険、時には日本側の無理解に遭遇し、幾度か現地を引き上げることを考えぬでもありませんでした。でも自分なきあと、目前のハンセン病患者や、旱魃にあえぐ人々はどうなるのか、という現実を突きつけられると、どうしても去ることが出来ないのです。無論、なす術が全くなければ別ですが、多少の打つ手が残されておれば、まるで生乾きの雑巾でも絞るように、対処せざるを得ず、月日が流れていきました。自分の強さではなく、気弱さによってこそ、現地事業が拡大継続しているというのが真相であります。（同上）

ゴーシュは初めのうち、動物たちをからかうような態度で接していましたが、彼らがあまりにも熱心なので、ついつい本気で演奏するようになります。そして、瀕死の子ネズミを救うときになって、自分のチェロが、訪ねてきたものたち以外の動物たちをも救っていたことを初めて知るのです。ちょうど、中村医師がひとつひとつの診療を行ううちに、一本の用水路を引くことがどれほど重要かということに気づき、これに地道に着手することで、アフガンの人々に広く恩恵をもたらしたように。

中村医師は「どこに居ても、思い通りにことが運ぶ人生はありません」と語ります。そして「遭遇する全ての状況が、天から人への問いかけである。それに対する応答の連続が、即ちわたしたちの人生そのものである」と続けるのです。だからゴーシュの姿が自分と重なって仕方がないのだと。

わたしたちは「人生とは何か」と、人生を「問い」のように考えることがあまりに多いのではないでしょうか。中村医師はそうではなく、人生とは「天からの問いかけ」に対する「答え」にほかならないと言います。そして、とにかく答えを出すことを倦むことなく継続し、ほかの人のなし得ない偉業を、成し遂げることができました。

宮沢賢治がそういうものになりたいと思っていた常不軽菩薩は、人やおのれを「問う人」ではなく、ひたすら肯定して「答える人」でした。ゴーシュは常不軽菩薩とは違い、悩みも欠点もある普通の人間として描かれているため、中村医師も自分と重なり合う存在として、とらえることができたのではないでしょうか。

哀しみをも抱え込んで

中村哲さんの『医者、井戸を掘る』(二〇〇一年)『医者、用水路を拓く』(二〇〇七年いずれも石風社)を読み返すと、逆境にあっても常に前を向き、周囲を鼓舞しながら成果を上げる中村さんの、弱音を吐く姿を見いだすことはほとんどできません。

そんななかで「ただ訳もなく哀しかった」と述懐している箇所があります。内戦による人々の離村が灌漑工事を遅らせ、飲料水欠乏が病気の蔓延と家畜の死亡をもたらします。それがまた離村を生むという悪循環を繰り返して、灌漑事業が賽の河原に石を積む作業のように思えたときのことです。井戸を掘る作業がようやく途についた二〇〇〇年のある日のことをこう記しています。

しばらく沈黙の後、再び砲声が聞こえ始めた。

「ワレイコム・アッサラーム、ご挨拶だぜ。金曜日（イスラムの休日）くらい休まなきゃ、バチが当たるぜ」

砲声の中、村人は黙々と作業に励み、ポンプが水を吐き出すたびに、鍋やバケツを手にした女子供が水場に群がる。中にはロバの背に革の水袋を載せた少年の姿がある。向こうの村から何時間もかけて歩いてきたという。

私はただ訳もなく哀しかった。「終末…」。確かに、そう感じさせるものがあった。ふと時計を見ると、9月15日、アフガン時間午後12時45分、私の誕生日である。54歳にもなって、こんなところでウロウロしている自分は何者だ。…ままよ、バカはバカなりの生き方があろうて。終わりの時こそ、人間の真価が試されるんだ…そう思った。（『医者、井戸を掘る』）

訳もなく哀しい、それは灌漑事業が遅々として進まないことを指して言っているのではありません。五十四歳になった自分と「終末」を思わせる現状との折り合いが、どうしても付かないことを指しているのだと思います。異国の地で、折り合いの付かない現状とみずからの志とを、中村さんはどのように結びつけていたのだろう、そんなことを考えながら、ニュースを見ていると、中村さんと親交のあった歌手の加藤登紀子さんがインタビューに答えていました。

ＮＨＫ・ＮＥＷＳ・ＷＥＢに、そのインタビューが掲載されていたので引用します。

とても印象に残っているのは、２００９年のクリスマスイブに「じゃあ哲さんに電話してみようか」ということになったんですよ。ペシャワール会の人たちと皆で「哲さんに電話しちゃおう」って。電話して「もしもし、メリークリスマス」って私が言ったんですね。そうしたら、しばらく応答がないんです。遠いから、どうしたのかと思っていたら、しばらくたって「トキさん、僕ね、クリスチャンだよ、実は」とおっしゃったんですね。泣いていたなと、受話器の向こうでね。とっさに軽い気持ちで「メリークリスマス」と言ったんですけど、哲さんは泣いているなと思いました。その時に、クリスチャンだったけれどイスラム圏の人たちの中で大きな信頼を得て、彼らのために命を賭けている、その哲さんの心の中のいろんなことが伝わってきた気がしたんです。その時の一瞬の嗚咽している瞬間が忘れられないですね。（二〇一九年十二月七日掲載）

二〇〇八年に伊藤和也さんが銃撃され死亡した事件を受けて、「もう一切危険なところに若者を行かせるわけにはいかない」と、自分ひとりで背負っていく覚悟を決めた時期に、その電話の時期は重なるのだと、加藤さんは言います。

中村さんは命の危険だけではなく、「哀しさ」もひとりで抱え込もうとしていたのだと思います。

他の人の嫌がることをなせ

中村哲さんは、その著書『医者、用水路を拓く』（石風社）のなかで、アメリカの空爆、タリバン政権崩壊後の「復興ブーム」を痛烈に批判しています。中村さんが亡くなった数日後に、アメリカ政府高官らが、軍事作戦や復興支援の失敗を認識しながら、国民に隠蔽していたとする内部文書がワシントン・ポスト紙によって公表されたのも皮肉な事実です。

中村さんは前掲書のなかで、現地技師の言葉を引いています。

カーブル以外は何も変わりはしないさ。外国団体が来たって、外人職員の給与で半分減り、テカダール（請負師）がしこたま儲けて支援金がなくなり、政府の有力者がピンはねする。涙金しか貧乏人には回って来ねえ。金持ちの外国移住と豪邸が増えるのが落ちさ。

中村さんは、復興の欺瞞を指摘するのではなく、自分たちが「復興の範」を行動でもって示すことを「武器なき戦」と呼んで実行に移します。二〇〇三年三月十九日、米軍のイラク攻撃の前日に、地方政府の要人、シェイワ郡長老会メンバー、ＰＭＳ（ペシャワール会医療サービス）代表を集め、用水路建設の着工式を開きます。そこで中村さんは毎秒六トンの水を旱魃地帯に注ぐと宣言するのでした。

そのときの様子を中村さんは次のように述べています。

我々の事業は、戦争という暴力に対する「徹底抗戦」の意味を帯びた。しかし、宣言にふさわしい力量があったとは言えない。この時、用水路関係のワーカーに指定した日本語の必読文献は『後世への最大遺物』（内村鑑三）と『日本の米』（富山和子）で、要するに挑戦の気概だけがあった。（前掲書）

中村さんは、近代的な機械力や技術に過度に頼らず、地元農民の手で作業ができ、維持や改修が可能な灌漑設備を目指して、故郷に近い筑後地方の水利施設を研究し、これをアフガニスタンの地に大胆に取り入れていきます。そして「挑戦の気概」だけからスタートした事業を、この日の宣言どおりに実現させるのです。

内村鑑三は『後世への最大遺物』（『後世への最大遺物・デンマルク国の話』岩波文庫）のなかで、若い聴衆に向けて次のように語りかけています。君たちが後世に残すべくものとして「富」があろう。「事業」があろう。それらはみずからを高め、人を助ける立派な遺物である。しかし、これらは誰もが努力次第では遺すことのできるものかもしれない。最も困難であって人を励ますことのできる最大遺物とは「勇ましい高尚なる生涯」ではないだろうか、と。

内村鑑三は、この勇ましい高尚な人生を歩んだ人の一例として、マウント・ホリヨーク女学校の創設者、メリー・ライオンの生涯を挙げ、彼女の女学生たちに向けた言葉を紹介しています。

他の人の行くことを嫌うところに行け。
他の人の嫌がることをなせ。

中村さんは、イラク空爆の前日に灌漑事業の着手を宣言し、これを現実のものにしました。内村鑑三の紹介したメリー・ライオンの言葉は、中村哲さんの生き方をそのままに言い表しています。

勇ましい高尚なる生涯でした。

中村医師は、他の人の嫌がる世界にみずから決意して飛び込みながら、その世界に浸りきること自体にもどこか距離を取る視点も持ち合わせていました。「こんなところでウロウロしている自分は何者だ」とつぶやきながら、それでもその困難な世界に背を向けることはありませんでした。中村医師が、よし、もう一度、と困難な世界に踏み込んでいけたのは、母親の胸のなかで寒さのために死んでゆく子どもたち、父親を心配させまいとして明るい声で迎えてくれたわが子、犠牲にしてしまった若いスタッフ、それらの、今はこの世にいない人たちの姿があったからではないでしょうか。

四　坂口安吾

空襲下の桜の花ざかり

昭和二十年、アメリカ軍の第三回目の大空襲で、東京は壊滅的な打撃を受けました。第一回の空襲（三月十日）と、第二回（四月十三日）、第三回の空襲（四月十五日）の間は、ちょうど桜の花が咲き誇る時期と重なっています。

第一回目の空襲で十万人の死者を出し地獄絵と化した地上にも、やはり桜の花は咲いていました。空襲による死者たちを上野の山に集めて焼いたとき、桜の花が満開だった様子を、坂口安吾は新聞連載のエッセイ『桜の花ざかり』に残しています。その一部を引用します。

焼死者を見ても焼鳥を見てると全く同じだけの無関心しか起らない状態で、それは我々が焼死者を見なれたせいによるのではなくて、自分だって一時間後にこうなるかも知れない。自分の代りに誰かがこうなっているだけで、自分もいずれはこんなものだという不逞《ふてい》な悟りから来ていたようである。別に悟るために苦心して悟ったわけではなく、現実がおのずから押しつけた不逞な悟りであった。どうにも逃げられない悟りである。そういう悟りの頭上に桜の花が咲いていれば変テコなものである。

三月十日の初の大空襲に十万ちかい人が死んで、その死者を一時上野の山に集めて焼いたりした。まもなくその上野の山にやっぱり桜の花がさいて、しかしそこには緋のモーセンも茶店もなければ、人通りもありゃしない。ただもう桜の花ざかりを野ッ原と同じように風がヒョウヒョウと吹いていただけである。そして花ビラが散っていた。

（中略）

花見の人の一人もいない満開の桜の森というものは、情緒などはどこにもなく、およそ人間の気と絶縁した冷たさがみなぎっていて、ふと気がつくと、にわかに逃げだしたくなるような静寂がはりつめているのであった。（『桜の花ざかり』）

死者を見て焼鳥を見るのと変わらなくなってしまった挙句たどり着いた「どうにも逃げられない悟り」は、安吾にとって精神の均衡点であったはずです。ようやく保っていた心の均衡を打ち崩し「にわかに逃げだしたくなるような静寂」のなかで、上野の森の桜は冷ややかに咲き誇ります。

その不逞な悟りを覚まされる様子を、安吾は「変テコ」と表現しています。

そう言わしめる満開の桜の花は、安吾の悟りに一撃を加えて、耽美的な感傷をもたらしただけなのでしょうか。不気味に咲き続ける桜は、異界にいるもののようでありながら、安吾に対して「生きよ」と呼びかけているように思えてしようがないのです。

死者を取り囲むように咲き誇る満開の桜が、のちに幻想的な小説『桜の森の満開の下』に結実したと、安吾自身は述べていますが、わたしは少し別のように考えたいと思います。自分はもう死地にたどり着いてしまったと悟りきった安吾に、さあ、これからも生きるのだと桜は呼びかけます。そして、その想いのたどり着いた先のひとつが、安吾の『堕落論』だと思うのです。

戦争に負けたから堕ちるのではないのだ。人間だから堕ちるのであり、生きているから堕ちるだけだ。だが人間は永遠に堕ちぬくことはできないだろう。なぜなら人間の心は苦難に対して鋼鉄の如くでは有り得ない。人間は可憐であり脆弱であり、それ故愚かなものであるが、堕ちぬくためには弱すぎる。(『堕落論』集英社文庫)

花見の人のいない満開の桜は「変テコ」かもしれないけれども、人間が乱痴気騒ぎを起こしていたときと同じように、それは変わらず咲き続けています。堕ち抜くためには弱すぎる人間にとって、変わらず咲き続ける桜は「それでも生きよ」と呼びかける、確かなものであったと思うのです。

カンジダとしての安吾

安吾がこの修羅場を見るずっと前、まだ作家を志すはるか前に、すでに堕落論の兆しが見られます。

『風と光と二十の私と』は安吾が仏教の勉強をしようと思う前の一年間の、小学校の代用教員をしていた頃のことを書いたものです。そこでは「怒らぬこと、悲しまぬこと、憎まぬこと、喜ばぬこと、つまり行雲流水の如く生きよう」と心がけており、安吾はまさにそのように生きていたことが綴られています。子どもたちに愛情を注ぎ、信頼をもって子どもたちに受け入れられる青年の姿があります。

安吾は本書のなかで、ヴォルテールの小説『カンディード』を「カンジダ」と表記して、ある時期の青年の様子を表しています。人を疑うことを知らない純真な主人公カンディードが、理不尽に降りかかる不幸を不幸とも思わず、前向きに生きていく笑劇《ファルス》なのですが、この頃の安吾は「カンディード（カンジダ）」のようにも見えます。美しい女教師に恋愛感情ではない憧れを抱いたり、小金持ちの狒々爺とこの女教師の仲を取り持とうとする主任を恨んでみたり。そうだとすれば、安吾は「行雲流水」の境地で生きていたというより、カンジダの笑劇のように生きていたというのが、正確なところでしょう。

ただ、それは安吾の純粋な魂を描いているという単純な話ではなく、そのような魂が試される以前の幸せな一時期のことを指しています。人間は少年から大人になるまでの一時期に大人よりも老成するのではないか、安吾は振り返って、『風と光と二十の私と』（『風と光と二十の私と・いずこへ他十六篇』岩波文庫）で次のように書いています。

この時期の青年は、四十五十の大人よりも、むしろ老成している。彼等の節度は自然のもので、大人達の節度のように強いて歪められ、つくりあげられたものではない。あらゆる人間がある期間はカンジダなのだと私は思う。それから堕ちるのだ。ところが、肉体の堕ちると共に、魂の純潔まで多くは失うのではないか。

カンジダであった時期の安吾は、太陽の光を浴びながら風に吹かれて、麦畑のなか、森の奥を歩くのが無上の喜びであったと書いています。そうしていると、自然と自分との境目がなくなるような気がして、もうひとりの自分が、木の茂みや土肌になって、安吾に向かって話しかけるのです。

彼等は常に静かであった。言葉も冷静で、やわらかかった。彼等はいつも私にこう話しかける。君、不幸にならなければいけないぜ。うんと不幸に、ね。そして、苦しむのだ。不幸と苦しみが人間の魂のふるさとなのだから、と。

『風と光と二十の私と』には、老成が空虚であること、そのことをさとらず、さとられずに生きる幸せな一時期のことが、極めて自覚的に描かれています。しかし、それは「不幸と苦しみ」を「ふるさと」とする魂の苗床たりうる豊穣な場所でもあります。

安吾は「約束事の世界」から離れて生きていくほど、人は強靭ではないことを繰り返し語っています。『堕落論』はだからこそ、本当に堕ちるべきときには堕ちよと語りかけます。堕落は今まで信じていた約束事からの、ただの視点移動ではないでしょう。今まで「視点移動」と述べてきたことは、堕落への決意に比べると、どちらつかずの二股掛けのようにも見えるかもしれません。

しかし、ここで安吾が不幸と苦しみを魂の「ふるさと」と呼んでいることに注目したいと思います。今の約束事から離れ堕落しきったあとには、別の約束事の世界に飛び込まなければならない、これは命がけの大冒険です。そして、そうしても大丈夫と受け止めてくれるような魂の拠り所を、安吾は「ふるさと」と呼んだのだと思います。

安吾のふるさと

安吾が「ふるさと」と呼んだものは、そうやって命がけの大冒険から帰ってくる場所ではありますが、同時にそのような命がけを強いるような、抜き差しならない現実を突きつける場所でもあります。

安吾のエッセイ「文学のふるさと」（『坂口安吾全集3』筑摩書房）には、芥川龍之介の遺稿をめぐる話が紹介されています。晩年の芥川のもとにひとりの農民作家が、自分の作品の原稿を持ってきました。ある百姓が子どもをもうけたものの、貧乏で親子共倒れになりかねないと、生まれた子どもを殺して石油缶に入れて埋めてしまうという話で、芥川はあまりの暗さにやりきれなくなったそうです。芥川が農民作家に「一体、こんなことが本当にあるのかね」と尋ねると、農民作家は「それは俺がしたのだがね」と言い、続けて「あんたは、悪いことだと思うかね」とぶっきらぼうに聞き返したのだそうです。そのときの芥川の様子を安吾は次のように書いています。

農民作家はこの動かしがたい「事実」を残して、芥川の書斎から立去つたのですが、この客が立去ると、彼は突然突き放されたやうな気がしました。たつた一人、置き残されてしまつたやうな気がしたのです。彼はふと、二階へ上がり、なぜともなく門の方を見たさうですが、もう、農民作家の姿は見えなくて、初夏の青葉がギラ〳〵してゐたばかりだといふ話であります。

安吾は、芥川が突き放されたような場所を「ふるさと」と呼びます。少なくとも、大冒険から帰ってきた人を優しく迎える場所ではありません。しかし「こんなことが本当にあるのかね」と芥川に言わしめ安住するような「約束事の世界」から、放り出すには十分な場所ではあります。芥川には初夏のギラギラした青葉の向こうに全く違う世界が開けて、そこに踏み込む準備を強いるのです。それは「約束事の世界」にかろうじて踏みとどまって生きていた安吾にとって、帰るべきふるさとだったのでしょう。

安吾が「堕落」や「ふるさと」を語るとき、そこには悲壮な覚悟があるだけではなく、どこかユーモラスでもあります。誰もいない桜の花ざかりのなかで、ようやくたどり着いた悟りからも突き放される様子を「変テコ」と呼んでみて、フッと肩の力を抜いてみせる仕草がまさにそれです。しかしそうすることで、安吾はようやく「堕落」を生き抜く勇気を得たのだと思います。

五　中村天風

人間の気持ちから

わたしは中村天風の古くからの読者で、あの大部で高価な三部作『成功の実現』『盛大な人生』『心に成功の炎を』（いずれも日本経営合理化協会）も、若い頃に逡巡しながら古書店で買い求め、その都度大きな感銘を受けました。

日清、日露戦争で軍事探偵として蛮勇を振るった武勇伝も、その後病を得て心の平静を求め世界を回り、インドでヨーガの師に出会って悟りを開いたくだりも、それぞれに興味深く心を動かされます。しかし、わたしが本当に魂を揺り動かされるのは、天風が徹底して弱い者に寄り添う、その姿でした。

なかでも、『心に成功の炎を』に描かれた、第二次大戦末期にアメリカ人将校を助けたくだりは、忘れられない話です。

昭和二十年五月二十五日の三回目の大空襲によって東京は壊滅状態に陥ります。その明け方、対空砲火によってＢ29が茨城県利根町に不時着しました。その搭乗員であるアメリカ人の飛行中尉は、近所の農民によって散々に暴行を受けたうえ、交番に連れて行かれました。荒縄で縛られ目隠しをされたアメリカ人将校を、巡査部長が日本語でしきりに怒鳴り立て、派出所を取り囲むように、もう少し殴らせてくれと農民たちが騒ぎ立てていました。

そこに、たまたま疎開していた中村天風が通りかかります。天風は縄を解き目隠しをはずすよう巡査部長に命じたうえ、一番上等のお茶をアメリカ将校にいれてあげるように指示しました。憲兵隊隊長が天風の弟子だったので巡査部長は逆らえないのです。

そして派出所を取り囲んでいる群衆に向かって、アメリカ人将校の身柄を決める権利があるのは軍隊だけだと諌めたあと、あなた方のなかで息子が戦争に行っている者がいたら、手を挙げてみなさいと呼びかけました。

ほとんどが手を挙げているその群衆に向かって、天風はこう語りかけます。

「それじゃあいま手を挙げた人に聞くが、おまえたちの息子が戦地で、アメリカの人々にとっつかまってこういう目に遭ったとき、いいか、アメリカの人間がそこへわんさか集まってきて、袋だたきにする、半殺しにするといって、それをあとで聞いたら、おまえたち、うれしいか」

わかったとみえて、黙っている。

「ええ？　それがうれしいと思ったら、今ここに出してやるから、どうにでもしろ。けど、それが後に世界に伝わって、日本人は鬼よりも無慈悲だといわれたときに、名誉な話じゃないということを考えないか。引き取りなさい。忙しいお百姓の仕事をしているおまえさんたちがそこでわあわあ騒いだからったって、この戦争に勝てるもんじゃない。帰んなさい」（『心に成功の炎を』）

群衆を家に帰した天風は、知事に電話をして車をよこさせて、アメリカ人将校を憲兵隊に連れて行きます。そして憲兵隊長にこう命じるのでした。

「たとえ本部からどんな命令がこようとも、おまえの手元にある間だけは不自由なく、お客様扱いにして、この人の一生のよい思い出をつくってやれ」（前掲書）

そうして、天風が流暢な英語で別れの挨拶をすると、アメリカ人将校はあなたの名前を聞かせてくれと言います。それに天風はこう答えました。

「さっきから私はあなたとこうやって長い時間、おつき合いしているけれども、一度も私はあなたの名前を聞かないだろ。私はあなたの名誉のためにあなたの名前を聞かないんだ。国と国とは不幸にして戦っているが、人間同士、ここになんの恩も恨みもない。今、私があなたの名前を聞くということは、ジェントルマンらしくないと思うから、あんたも私の名前を聞くな。お互いにあった事実は、一生忘れようたって忘れられることじゃないんだから、今日の日に起こったこのアクシデントは、あなたの記憶のページの中にはっきりしたためておけばよろしい。私ももちろんそうする。」（前掲書）

この将校はアメリカに帰っても、どうしてもこの出来事が忘れられず、スターズ・アンド・ストライプス（星条旗新聞）の日本特派員記者を志願します。駐留軍のアイケルバーガー中将にその日の事実をそのまま具申し、ＧＨＱの力で天風にまでようやくたどり着きました。

アイケルバーガー中将から「一体あなたは何をする人なのですか。クリスチャンですか。クリスチャンでないとすると、どういうお気持ちで敵の将校をお救いなさったのですか」という質問を受けて、天風はこう答えたそうです。

「人間の気持ちです」

東京大空襲は五度に及び、特にこの三回目の空襲の苛烈さは東京を壊滅状態に追いやるほどのものでした。不時着した爆撃機の飛行中尉は無差別殺戮の当事者なのですから、激しい憎しみの対象になったのはむしろ当然のことです。交番を取り巻いていた農民たちが、無知蒙昧で普通の礼儀を知らなかったというわけではありません。

しかし、天風はこの場面を、憎い敵が目の前に現れたとしてとらえるのではなく、荒縄で縛られたひとりの人間が、敵意に満ちた外国人に取り囲まれた場面として直ちにとらえ直し、なおかつそれを、怒りに駆られた多くの人たちにも同じ視点に立つように、見事に切り替えさせたのです。

視点を変えることは人生を豊かにする、とこれまで述べてきましたが、それを他者に共有させるためには全く違う知恵が必要です。その場を制圧する力だけではなく、人の心を和ませる暖かみがあったからこそ、成し遂げえた大転換なのだと思います。

天風から教わったことは数え切れないほどありますが、本章では「他者の視点を移動させる知恵」にしぼって、話を進めたいと思います。

怒るなかれ

天風の孫弟子を自認する内田樹《たつる》さんが、中村天風の「七つの勿《なか》れ」について述べています（『期間限定の思想』角川文庫）。

「怒るな、恐れるな、悲しむな、妬むな、悪口を言うな、言われても言い返すな、取り越し苦労をするな」というのが、中村天風の七つの禁戒です。

内田さんによれば、このうち「怒るな」とは、怒りを我慢するのではなく、そもそも怒るのを我慢する必要さえない状態に達することを指します。怒りを我慢するだけであれば、その、先延ばしされたエネルギーはやがてどこかで、誰かに対して爆発させられるだけでしょうから。

怒りとは非力な人間が、自己主張するときのエネルギーなのです。非力な人間が自分の主張の正しさを確信しながら、その正当性を証明できないとき、怒りのエネルギーだけが、周囲の注目を集めることができるのです。昔「造反有理」という言葉がありましたが、まさに衆目を集めることを目的とした、怒りの表出でした。

それでは、自分が非力であることを認め、怒ったり泣いてみせたりして注目を集めて、自分の主張を聞いてもらおうと開き直ってはいけないのか。

内田さんは、その手段がたとえ一度成功したとしても、二度目はないのだと注意を促します。非力で敬意を払われることがないことを自認する人、その人の言うことに、どうして何度も耳を貸さなければならないのでしょう。「そういう人」として見下されてしまえば、もう取り返しがつかないのです。

怒りを我慢する必要のない状態とは、そうすると、怒りによって周囲の注目を集める選択肢を捨てていること、とも言い換えることができるのではないでしょうか。非力であることを認めても、強くなることを目指していれば、怒りという「弱者の逃げ道」ではない方向へ軌道を修正できるはずです。

天風が興奮する群衆に向かって、多くの人の視点を丸ごと切り替えさせる離れ技は、この逃げ道とは正反対の方法によって可能でした。人のふところに飛び込むことで、「あの人と同じようにものを考えよう」と、人の心を自然に仕向けることができたのです。

天風の語りの力

天風の魅力のうち、特別にひとつをあげるとすれば、それは「語りの力」です。人の凝り固まった考え方を解きほぐし、こう考えた方が人生は豊かになるよ、と導いてくれる魔法のような語りです。

天風はよく言います。こう考えろと無理には言わないけれど、「そう考えなさい、その方が得だ」と。これはプラグマティズムというのではなく、迷いの底に沈んでいる人に対してスッと手を差し伸ばす、自然な心の働きなのだと思います。
天風がカントの自伝を読んで、雷に打たれたような感動を覚え、そしてそれはインドのカリアッパ師に師事するきっかけにもなったのですが、自伝に記された喘息で病弱だった幼いカントを勇気づける医師の言葉を、次のように語っています。天風に師事した宇野千代さんが、再現した語りです。

気の毒だな、あなたは。しかし、気の毒だな、というのは、体を見ただけのことだよ。よく考えてごらん。体はなるほど気の毒だが、苦しかろう、つらかろう、それは医者が見てもわかる。けれども、あなたは、心はどうでもないだろう。心までも、見苦しくて、息がドキドキしているなら、これは別だけれども、あなたの心は、どうもないだろう。（中略）

同じ、苦しい、つらいと言うその口で、心の丈夫なことを、喜びと感謝に考えればいいだろう。体はとにかく、丈夫な心のおかげで、お前は死なずに生きているじゃないか。死なずに生きているのは、丈夫な心のおかげなんだから、それを喜びと感謝に変えていったらどうだね。できるだろう。そうしてごらん。そうすれば、急に死んじまうようなことはない。そして、また、苦しい、つらいもだいぶ軽くなるよ。私の言ったことはわかったろ。そうしてごらん。一日でも、二日でもな。わからなければ、お前の不幸だ。それだけが、お前を診察した、私のお前に与える診断の言葉だ。わかったかい。薬はいりません。お帰り。(『中村天風の生きる手本』宇野千代著/三笠書房)

聞いているこちらまでが癒やされるような優しい語り口です。

「人生は心ひとつの置きどころ」

これは、天風の講演の合間によく出てくるフレーズですが、聞く者にフッと肩の力を抜かせてくれて、とらわれのない気持ちで勇気をもって一歩を踏み出させる、これも魔法の言葉です。

天風の弟子のひとり松下幸之助の名言に、成功する人が備えていなければならない三つのものというものがあります。それは「愛嬌」と「運が強そうなこと」と「後ろ姿」なのだと。後ろ姿というのは、その人の発する言葉の背後にどんな思いが込められているのだろうと、ついつい思いを致してしまうような、そういう姿です。「愛嬌」も「運が強そうなこと」も、人の関心を引き寄せて、周りの人たちも、自分も何かができないものかと考えさせるきっかけになります。

天風の語りにも、人の行動を促す力があります。自分にも何かできないものかと、引き込まれるように考えさせる力を持っています。アメリカ人将校を取り囲んでいた農民を説得することができたのも、この語りの力があってこそだと思います。

前章では、ひとつの世界にのめり込むことと、その世界を別の視点からとらえてみる、両方の視座の移転によって、その世界が生き生きとよみがえることを書きました。

本章でみた仰ぎみる北極星のような人たちは、あのようになりたいという憧れの対象であると同時に、人の視座を転換させる力を持っています。煎じつめれば、両者は「結果」と「原因」のような関係なのですが、そこには決定的な断絶と飛躍があります。わたしが人を憧れることと、人を憧れさせることとが、次元を異にするのがあまりにも明らかなように。

この断絶を埋めて飛躍を可能にするのは、「あのひと」のように生きようとする決意にほかならないと思います。そして、そのような決意を促すような関係を築くことも欠かせない条件です。バトンを受け取るとは、まさにこのことを指しています。

もうひとつ付け加えたいことがあります。「あのひと」のように生きようとすること、それを絶えざる生き方として受け入れることは、人を「手段」としてではなく「目的」とすることに近づくのではないでしょうか。みずからの達成感や自己満足とは全く関係なく、その人を「目的」とすることは難しい事況です。「ほかならぬあのひと」はこちらの勝手な思い込みとは関係なく、思いがけず目の前に立ち現れて、わたしの態度をいわば「強いる」人です。そこでは、視座の移転によって、その人の目的とすることを、そのままにわたしの目的とすることも起こりうるでしょう。

わたしは中村哲医師が、みずからを「セロ弾きのゴーシュ」になぞらえたことを思い出します。次々と現れる難題に取り組むうちに、いつのまにかそのことが目的となっていく。そうなることで、それが自然な振る舞いであった、あの偉大な人に近づくことができるのでは、と思います。

第三章　稽古と四季の移ろい

茶室の襖を開けて正客の姿を確認し、正客もわたしの姿を認めて、初めて互いが正客と亭主の関係を取り結ぶ。茶道の点前《てまえ》の始まりは、いつも新しく厳かです。あらかじめ割り振られていた役割とはいえ、この出会いの瞬間からすべてが始まることを実感します。

第一章では、人生を舞台にたとえて、舞台に上がることと、一歩引いてみる視座の両方の視座の転換が、舞台を豊かにしていくことを述べました。茶歴の浅いわたしが、茶道について語るのは僭越至極ですが、茶道の稽古のなかで、茶席や稽古という舞台に上がることと、一歩引いてみることについて、そして四季の移ろいが舞台を日々新たにしてくれることについて、日頃考えていることを本章で述べてみたいと思います。

その前に、わたしが茶道の稽古を始めたきっかけをお話しします。

福岡県の中南部に位置する東峰村には高取焼の窯元がいくつかあり、そこで茶道具が製作されています。春と秋には「民陶むら祭」が催され、お茶の稽古に通う妻に付き合って窯元めぐりをするうちに、ひとつの肩衝茶入《かたつきちゃいれ》に出会いました。その静かな緊張感をたたえた姿と一条の光のような釉薬《ゆうやく》の流れには、圧倒的な存在感がありました。茶道の手順を踏んで道具や客と同期して一体になる過程が、仏教における「行」に似ているという、精神科医の名越康文さんの話をたまたま本で読んでいたこともあって、それではとにかく自分もやってみよう、そう思いました。これがわたしの茶道を始める最も大きなきっかけでした。

お茶の稽古に通うようになって、職場での経験や書物で得られる知識の範囲を大きく超えて、別の世界に生きることができるようになりました。それは、これまで述べてきたように、ひとつの舞台から降りて、もうひとつ別の舞台に上がる感覚でもあります。最初の章で述べた「視座の移転」の大切さも茶道の稽古がなければ、実感としてとらえることができなかったかもしれません。

そしてもうひとつ、茶道具の美というものに触れることによって、わたしは茶道の世界に入ることになりましたが、視座の移転によって開かれる「倫理」の感覚と「美」の感覚とが、自分のなかでどうつながるのかについても触れてみたいと思います。

一　入門

茶道とはどういうものか

まずお茶に馴染みのない方のために、茶道そのものについて、わたしなりの理解するところからご紹介したいと思います。

茶道といえば、かつては花嫁修業の代表格であり、礼儀作法をわきまえた淑やかな女性の印象を持たれるのではないでしょうか。近年は「品格」ブームに押されて、年齢、性別を問わずさまざまな層の人々が門を叩くようになったとも聞きますが、やはり所作を美しくするという効用を求めているのが入門の動機のように思います。

しかし、もともと茶の湯は禅院での茶礼を祖として発展してきたもので、利休もその師である武野《たけの》紹鷗《じょうおう》も大徳寺で参禅し、精神の強靭さを養おうとしました。つまり、所作や姿かたちの美しさよりも精神性の追求こそが、茶道の本来目指すところだと思います。多くの茶人によって伝えられた「茶禅一味」という言葉は、茶の湯と禅とは、その本質において同一だということを表しています。

ところで、どこで見たのかはすっかり忘れてしまいましたが、江戸時代の商人心得を絵にした掛け軸が、面白くて強烈に印象に残っています。商いを立ち上げた初代は夫婦で額に汗して財を成したにもかかわらず、二代目は放蕩の限りを尽くして蓄えを失っていき、三代目に至ってついに物乞いにまで身を落としてしまうというものです。その二代目を描いた姿が酒色にふける様子ではなく、謹厳な面持ちで茶の湯に励む姿だったのには、思わず笑ってしまいました。江戸時代における茶の湯に対する見方には、道具集めのために身代をつぶしてしまうような、贅沢三昧の印象もあったのでしょう。茶の湯が興隆を極めた安土桃山時代には、茶道具ひとつが一国の領土に匹敵するほどで、道具そのものとその美しさを見抜く審美眼が尊ばれました。茶道が精神性を追求するのだとしても、「もの」の美しさに対する感受性と切り離せないところが、その奥の深さ、難しさだと思います。

さて、茶道についてよく聞かれる質問が、「裏」や「表」などの流派はどうやって生まれたのか、というものです。

その発端だけについてなら答えは単純です。秀吉の勘気を被って断絶していた千家が復興したのち、利休の孫で出家していた「宗旦」が還俗し、利休の侘び茶を発展させました。その子三人にそれぞれ表千家、裏千家、武者小路千家を立ち上げさせて、三千家は今日まで茶の湯を伝えているのです。

江戸時代を通じて大名家に茶の宗匠として仕えてきた茶家は、明治維新後クライアントを失って困窮に陥ります。千宗屋《そうおく》さんが『茶――利休と今をつなぐ』（新潮新書）にこのあたりの経緯を詳しく述べていますが、表千家は三井家、武者小路千家は平瀬家という豪商の支援によって乗り切りました。これに対して裏千家は、跡見学園の正課に茶道が組み込まれたのを皮切りに、「学校茶道」に力を注ぐことで苦境を乗り切ったのだそうです。その後三千家にとどまらず、多くの茶家がマス・マーケットを志向することで、今日の興隆が築かれました。花嫁修業としてのお茶というイメージも、このあたりから芽生えていったと言われています。

流派はこの三千家だけではなく、たとえば利休の高弟で、のちに『南方録』として編集される手控えを残したとされる、南坊宗啓を流祖とする南方流なども有名です。ちなみに『南方録』を編纂したのが黒田藩家老の立花実山で、自身も南方流茶道に励みました。そういう歴史を背負っているからでしょうか、諸流派が一堂に会する福岡市民大茶会で南方流の点前を拝見した際には、武家の茶道の気概を伝えているように感じました。話が脇道に外れて恐縮ですが、第一章で触れた葉室麟さんの小説『橘花抄』は、立花実山とその弟で二天一流の使い手立花峯均《みねひら》の活躍を描いています。黒田藩お家騒動に翻弄されながら、それでも高潔に生きようという姿が描かれており、活劇物としての面白さも兼ね備えています。

わたしが門を叩いたのは、諸流派のうちの裏千家で、これはもうご縁というほかはありません。よし、門を叩こうと思ったときに、たまたまそこに門が開かれていたという、その偶然が今日に至ったというのが正直なところです。そして、何かに飛び込む瞬間というものは、ほとんどすべてがこのような偶然に賭けることなのだと、わたしは思っています。その偶然によって魂が賦活されるのならば、そこが間違いなく新しい舞台なのですから。

〈初夏〉遠山無限碧層々

裏千家では、三か月間初心者入門教室というものを各地で開催しており、仕事帰りの約二時間をこの教室で過ごすようになりました。このときの先生が床の間の掛け軸について、いろいろな逸話を話してくださる方だったことが、茶道に入り込みやすい環境であったと思います。

ある日の掛け軸は、「遠山無限碧層々（遠山《えんざん》限《かぎ》り無《な》く碧層々《へきそうそう》）」でした。

青々とした山並みがどこまでも続いている。目もくらむような碧さに、前途の遼遠であることを思わざるを得ない。そのように解釈しました。このとき遥かなる前途は、ひとつひとつ踏み越えてゆくべき困難の連続を思わせます。

種田山頭火の「分け入っても分け入っても青い山」の倦怠感を連想もしました。

ところが、先生が仰るにはこの「遠山」とは、これから踏み入ろうとする山ではなく、これまで夢中で分け入って踏み越えてきた山々を振り返ってみた姿なのだそうです。老人福祉施設にお茶を教えに行かれる先生は、人生を振り返って、善も悪も、恨みも誇りもない、ただ碧々とした山並みに対するように静かに遠望する姿を、生徒さんたちに想像してもらうと言います。そうすると、お年寄りたちはとても良い表情をしてくれるのだと仰っていました。

家に帰って調べてみると、冒頭の句の出典は中国の仏典『碧巌録』で、以下のように続きます。

対堪暮雲帰未合（対するに堪えたり　暮雲の帰って未だ合せざるに）

遠山無限碧層層（遠山限り無く碧層々）

これは「達磨さんはなぜ西からはるばるやってきたのか」という禅僧の問いに師が答える形で詠まれたもので、大意は次のようなものです。

外に出てご覧なさい。夕暮れの雲が夜に帰ってしまっても、ほのかにかすむその中に、遠くに見える山々が、どこまでも限りなく、その深い青が連なっているでしょう。

夕暮れの雲が山におさまるときに、赤から碧へ、ゆっくりとかすみながらも稜線を浮かばせて、次の瞬間には、夜の闇に消えていってしまう。山の青さがいっそう深みを増して、その存在感が際立つ一瞬の描写で話を結んでいます。なぜ達磨さんが西から来たのか、という問いそのものを無効にしてしまうような、圧倒的な存在感がその場を制するのです。

今までなんとか踏み越えてきた山々が、現にこのようにあって、これからも越えてゆかねばならない、我々は達磨さんとともに道中にあるのだ、そのこと以外に小賢しい理屈がいるだろうか。というのが、禅僧に対する答えと言えば言えるでしょうか。

わたしたちには人生を終わりから振り返ってみて、その視点から現在を律する力が与えられています。物事を単純な因果関係でとらえたり、損得勘定で方針を決めたりといった視点とは、全く異なる視点から発せられる力です。

お年寄りたちがみずからの人生を振り返って、青々とした山並みに人生を重ねてゆくと、とても良い表情をしてくれるのだという先生の話を、次のように言い換えることができるかもしれません。

人生を因果関係の描線としてとらえるのではなく、何か圧倒的な存在として眺めることができるということは、そのお年寄りたちにとっての救いなのでしょう。そして、そのような視点が設けられていること自体が、これから長い年月を生きてゆく者にとっての救いなのかもしれないと。

生きているこの世界にどっぷりと浸かることと、一歩引いて見る視点を持つこと、人生の最終盤において、それは生きることの深みを増してくれるのだと実感できます。

茶道とは掛け軸の禅語の世界に浸っているだけではなく、道具の取り合わせや、点前の作法、集う人たちとの交流を含めて、その全体の時間、空間を愛しむ優れて総合的な芸術です。しかし、わたしがお茶の稽古で自分なりのアプローチができると考え、最初に興味を持ったのが、茶室の掛け軸の禅語の世界でした。

前章まで述べてきたことのいくつかは、禅語の気づきから得たものでもあります。本章では、お茶の稽古のなかで、主に掛け軸の禅語から得られた、わたしなりの気づきをご紹介していきたいと思います。

〈入門の秋〉啐啄同時《そったくどうじ》

初心者教室の先生にご紹介いただいて、わが家の近くで教室を開いておられる師匠のもとに通うようになりました。ちょうど風炉から炉の点前に移るくらいの、秋の深まった時期でした。

啐啄同時という言葉があります。『碧巌録《へきがんろく》』の問答を出典としています。

中国に鏡清禅師《きょうせいぜんじ》という高僧がおり、ひとりの学僧が禅師に向かってこう嘆願したそうです。

「学人啐す、請う師啄せよ」と。

「わたしは十分に悟りの機が熟しており、今まさに自分の殻を破って悟ろうとしています、どうぞ先生、外からつついてください」と学僧は禅師に向かってお願いしているわけです。これに対して鏡清禅師はこう答えます。

「つついてやってもいいが、おまえというものが生まれてくるのか」

学僧はこう答えたそうです。

「わたしは、もし悟れなかったら世間に笑われます」と。

鏡清禅師は「この俗物めが」と一喝しました。

その後の学僧の消息は知れない、というのが問答のエピソードです。

ここから「啐啄同時」という禅語が生まれます。雛が卵の中から「啐す」（殻をたたく）、これに応えて親鶏が「啄す」（殻をつつき返す）。この両者の絶妙なタイミングによって雛はかえるのだ、という教えです。

師弟関係において、教えと学びの機の熟するベストタイミングというものがあり、過《あやま》たずその機に双方からのアクションを起こすことによって「学び」は発動するのだ。普通そのように解釈されますし、それ自体優れた知見であると思います。

しかし、たとえば安岡正篤《まさひろ》が佐藤栄作に啐啄同時を教え、佐藤は「待ちの政治家」であることを学んだという逸話を聞くと、そのようなプラグマティズムに回収されない何かをこそ学びたいと感じます。辛抱強く待ったから思いが通じたという実利的な因果関係ではなく、結果的に「学び」が成立する瞬間とはどのようなものなのかが、この問答では活写されていると考えるからです。

出典の『碧巌録』に戻ります。学僧は卵の殻の中から「啄せよ」と師に懇願しますが、殻の外は見えていません。一方、師は学僧の悟りの度合いを正確に測っているわけではなく、つまり殻の中が見えているわけでもありません。禅師としては、殻をつつき返すタイミングは学僧の殻をたたく時期と一致しなかったのだから、殻は破れず、結果的に何も起こっていないのと等しいことになります。にもかかわらず、問答のなかの学僧は「禅師、もう何かが起こっていることにしてください」と懇願したのです。

学僧は殻の中、師は殻の外にあって、お互いの対面は未だ実現していない。ここで「殻」と言っているものは、コミュニケーションを阻害する要因を指しているのではありません。学僧はそのことについて決定的に勘違いをしていたために、放逐されてしまうのです。

我々はイメージでものを考えます。学僧がおり、禅師がいて、それを隔てる殻が両者の間にあって、あたかも断面図を見透かすように全体の関係を見渡せるように考えてしまいます。だから、両者がうまく結びつくような知恵はないものかというふうに思考は流れてゆくことになるのです。殻を隔てて存在する学僧と禅師とのコミュニケーションを上手にとって、学僧の習熟度合いを禅師に伝えることによって、「学び」の効率化が図れないものと。

しかし『碧巌録』では、学僧の視点、禅師の視点のみが描かれており、その両者がつながり合うようにするための方法については、全く考慮の外にあります。

いわば、殻が破れた瞬間に、学僧は師を発見し、師は学僧を発見して、目覚めた者としての両者の関係が初めて成立するのです。ちょうど雛がかえった瞬間に雛は親鶏を認識し、親鶏は雛を認識して、親子の関係がそこで初めて開けるように。親鶏と雛鳥が初めてそれぞれの地位を与えられる、その地点がスタートであって、目的地でも通過すべき地点でもないのです。

だから、どうすれば殻は破れるのかと考えたり、時間が解決してくれるのだと開き直ったりすることは、方向がまるで違うのだと思います。破れることですべてが始まるのであって、破るために何か策を弄するという構えこそが、殻を破ることを遠ざけているのだと知るべきでしょう。

第一章で述べた「ほかならぬあのひと」を自分の尺度とする心構えは、そうしようと努力することによってではなく、もうすでに始まっていたものでした。これからも、努力の結果、任意の人を同じように自分の尺度とすることはできないだろうと思います。師と出会うことは、それほどに得難いことなのだと思います。

〈炉開き〉壺中日月長

十一月に入ると、点前は風炉から炉に変わります。畳の上に置いた風炉を片付けて、炉で点前を始めることを「炉開き」と言い、茶人のお正月に当たります。弟子たちは正装をして師匠に向かい「炉開きおめでとうございます」と挨拶し、師匠は皆にぜんざいを振る舞うのです。

炉のお点前は薄茶の席でも、亭主の出入りのたびに襖を開け閉めします。そこが風炉の季節との大きな違いで、茶室がいっそう小宇宙の観を呈するところです。

床の間には「壺中日月長（こちゅうじつげつながし）」の軸が掛けてありました。出典は『後漢書』に収められた「費長房伝《ひちょうぼうでん》」という奇譚です。

汝南の町に壺公と呼ばれる薬売りの老人が住んでいました。壺公は夕暮れ時になると、店を閉め店頭に下げられた小さな壺の中に飛び込んで身を隠してしまいます。ある日、この様子を費長房という役人に見つかってしまい、壺公はしぶしぶ壺の中に彼を連れて行くことになります。

費長房が驚いたことには、壺の中の世界は金殿玉楼がそびえ、広い庭園には珍しい木々が繁り、花々が咲き誇っており、泉水などもいたるところに設けられています。壺公は壺中の国の主人だったのです。費長房は、侍女たちから美酒佳肴のもてなしを受けたり、仙術の指導を受けたりして、文字通り時を忘れるほどに楽しく過ごしたのですが、やがて現実の世界に帰る日になりました。ところが本人は二、三日滞在したばかりと思っていたのに、十数年も時間は経っていたというのです。

「壺中日月長」とは、壺中のような仙境にあっては、俗世間とは違って時間がゆったりと流れるということを指すのですが、これだけでは何を言わんとしているのか分かりません。

しかし浦島太郎の物語にはじまり、世界中には同じような仙境奇譚があふれていて、夢のような世界から現実世界に踏み出すと、時間が一気に流れて歳をとってしまうというオチもそっくりです。

これは、どこかに物語のルーツがあるというのではなく、おそらく「時間」というものに向き合ったときに突き当たる、「安逸の場所」からの離脱の感覚が、これら物語の根源にあるのではないかと思います。

甘美な万能感に浸っていられる幼児期のごく短い時期を過ぎると、昨日の自分と今日の自分との隔たりを感じるようになります。全一ではない自分がいて、それでも「この自分」が昨日も今日も同一なのだとすると、そこには時間が流れているのだ、というふうに「時間」の概念が生まれます。「時間」とは、なつかしい満ち足りた楽園からの離脱と同時に生まれるものなのです。

楽園からの離脱は、空間や時間のモノサシを育てて人を大人にしますが、人は自分を大人にしている約束事から自由でありたいと、どこかで思っていて、「費長房伝」のような話に惹かれるのだと思います。

心理学者であり高名な茶人である岡本浩一さんは、『心理学者の茶道発見』（淡交社）のなかで、茶道の果たしてきた役割の大きなもののひとつとして「他者受容の場」を与えることだと述べています。茶室という狭い空間のなかで、客をもてなそうとする亭主と、亭主の無事を祈るように見つめる正客との、主客を超えたおだやかな心持ちが、他者受容の場をつくりあげるというのです。

それは時間や空間が生まれる以前に、わたしたちを取り巻いていたなつかしい空間に似ているようにも思います。「壺中」にあって時間を忘れるようだ、という掛け軸の言葉も、そうやって身を預けてごらんという呼びかけにも聞こえます。

しかし、自分と他者とが渾然一体のなつかしい空間では、他者から受容される幻想はあっても、他者を受け入れるおおらかさは生まれないように思います。他者とは、何をしでかすか分からない人なのですから。壺中から出て時間を取り戻し一気に歳をとって、現実に返ったときにこそ、本当の「他者受容」が試されるのではないでしょうか。

こうしてみると、「壺中日月長」の掛け軸は、ほのぼのとした感慨よりも、わたしに大きな謎を投げかけます。この語は、ただの慰めなのか、他者から無条件に受け入れられていた幸福な感覚を、他者に向かっても施しなさいという励ましなのか、と。

〈深まる秋〉開門落葉多

一重の着物では寒さが厳しく感じられる頃、床には「開門落葉多（門を開けば落葉多し)」の掛け軸が掛けられています。

唐代の詩僧無可上人の詩の一節で、次のような対句の後半です。

聴雨寒更尽　(雨を聴いて寒更尽き)
開門落葉多　(門を開けば落葉多し)

軒端をたたく音が草庵で夜更けを過ごす侘しさを増し、夜具を通しても冷えびえとした空気が身に染みます。雨はつい先日までの暑さの名残を洗い流して、これから長く続く深い静寂の世界に連れて行くようです。

ところが、夜が明けて庭の潜り戸を開けてみると、一面に落ち葉が敷き詰められている様子が目に飛び込んできます。雨音とばかり思い込んでいた夜更けの音は、実は秋風に吹かれて舞い落ちる落ち葉の音だったのです。

目の前の一面の落ち葉は、まぎれもなく現実の姿なのですが、昨夜寒さのなかで侘しく聞いた雨音の方が現実で、色鮮やかな落ち葉の景色はまるで幻のように眼前に広がっています。気紛れで大きな災いをもたらす自然は、一方でどこまでも慈悲深く、驚きとともにわたしたちに贈り物を届けてくれるのです。

紀貫之はこの詩をもとにして、次の歌を詠みました。

秋の夜に雨ときこえて降るものは風にしたがふ紅葉なりけり（拾遺集）

不遇の晩年を送った紀貫之には、秋雨はいっそう侘しさを誘ったことでしょう。みずからを励ますように「風にしたがふ紅葉」の華やかさを対比したのではないでしょうか。

草木が逞しく生い茂る季節が終わりましたが、それは新しい季節の始まりでもあります。新しい季節に向かうわたしたちに、自然はふさわしい装いで迎えてくれます。

二　修行のよろこび

〈冬・正月〉紅炉一点雪

稽古を初めて間もなく、正月を迎え、初釜の茶事を経験することになります。作法も何も分からない、初めての茶事でした。そのときの掛け軸について、わたしは次のように書き留めていました。

お席の掛け軸は「紅炉一点雪」です。

真っ赤に燃え盛った炉のうえに、一片の雪が舞い落ちては、一瞬のうちに溶けてしまう。そのはかなさを物語っています。

『碧眼録』には次のように記されています。

荊棘林透衲僧家（荊棘林《けいきょくりん》を透《とお》る衲僧家《のうそうけ》）

紅炉上如一点雪（紅炉上一点の雪の如し）

大意は次のとおりです。

修行僧が、荊棘《いばら》の林を通っても、紅炉上の一点の雪のように一切痕跡を残さない。イバラの道を通って、傷だらけになって出てくるというのは、修行が足りないのだ。修行にあっては、紅炉上の雪のように徹底して身を焼き尽くし、次の瞬間には痕跡すら残していない、それが修行の到達点なのだ。

一瞬のうちに消え去ってしまうのは、次々に降りかかる煩悩であって、修行僧は「紅炉」に見立てられているように解してしまうところですが、修行僧がたとえられるのは「一点の雪」の方です。つまり、修行僧自身は惜しげもなく消えてしまうのです。このあたりの解釈が難しいところです。

こんな話も残されています。

永禄四年九月十日の早朝、朝靄《あさもや》を突いて武田信玄の本陣に単騎で突入した上杉謙信は、床几に座す信玄に向かってこう言って切りかかります。

「如何なるか是れ剣刃上の事」

信玄は泰然自若として「紅炉上一点雪」と答え、そのまま鉄扇で振り下ろされた刀を受け止めます。

まさに一刀両断されようとするその心持ちはどうだ、と問いかけられて、信玄は生への執着は一切ないと答えたというのです。むろん、後世の脚色でしょうが、瞬間に消えてしまう雪と、今まさに死に直面している自分とを重ねて考える、戦国武将の心持ちは正しく伝えているのだと思います。


この今という瞬間のわたしは、宇宙の存在をも成り立たせうるかけがえのないわたしであって、昨日のわたしとも、将来のわたしとも違う。これらすべてのわたしを「わたし」という一語で一括りにしてしまうけれども、かけがえのない「今」は一瞬にして消えてしまう。

そのことを心の底から理解していれば、「わたし」という一語で一括りにされた立場からみた、「かつてこんな非道《ひど》いことをされた」とか「将来こんな恐ろしいことが起こったらどうしよう」などという心配事とは無縁なはずだ。イバラの道を通った修行僧がケロリとしているような境地に立てるはずだ。

冒頭の禅語をそのように解釈しました。

それにしても、真っ赤に燃える炉の赤と、そのうえに静かに降る雪の白の、色の対比の美しさ。その美しさを感じるのは一瞬で消える「今」であり、その心持ちを忘れないように想起するのも、その瞬間の「今」です。この、かけがえのない「今」は美と覚悟において絶えず生き直されるのだ、そのようにも考えました。わたしの中で「美」という言葉と、いかに生きるかという倫理の問題とが、初めて具体的につながった瞬間でもあります。

〈近づく春〉春風吹く

前にも触れた、心理学者の岡本浩一さんが、その著書『心理学者の茶道発見』で述べている「他者受容」について、稽古の中でいろいろと考えさせられます。

精神の健康なときは、おだやかな楽観に満ち、他者受容が高いのに対し、他者のささいな瑕疵に心が煩わされるときは、心が疲労しているのだ、と岡本さんは述べます。岡本さんの指摘で重要なのは「他者受容」が「自己受容」を前提としているという点です。

たとえば一緒にいるときには楽しいのに、別れたあとにひどく疲れの残る人がいます。その人は言葉や様子に表さなくとも、こちらの瑕疵に敏感に心が反応して、にこやかな応対と矛盾するネガティブなサインを発していることが多いのです。「自己受容」に問題を抱えているために、会う人ごとに自分と比較してしまう、それがネガティブなサインとなって表に出て、よけいに「他者受容」を難しくしてしまうのだといいます。

みずからをおおらかに受け入れながら、他者の瑕疵をもそのままに受け入れる。我を忘れて心を遊ばせるとき、まさにそのような心持ちではないでしょうか。

第一章で述べた、河合隼雄さんが語る「自分を投げ出す」経験の必要性と、それを「大丈夫と受け止められる」ことの大切さを思い出します。

そうは言っても成人した人間が、他者による受け止めによって自己受容を取り戻すことは至難の業です。岡本さんは「他者受容」と、それによって豊かに紡ぎ出される「自己受容」の再生の場を、茶の湯に見いだします。

茶の湯が古来果たして来た役割のひとつが、他者受容の場を提供することだったのではないだろうか。その鍵は、他者受容が言葉や論理よりむしろ態度に宿るという認識にある。茶室は、亭主と客、そして正客と相客が、態度と態度でコミュニケーションする場を提供することにより、他者受容の空間となったのである。（中略）

そのクライマックスが濃茶点前である。もてなしにふさわしいおいしいお茶を練ろうという亭主の気持ちと、亭主の点前の無事を祈って息をつめるようにして見守っている客の気持ちが、主客の境を越える。相互の他者受容がおだやかな自己受容を生む瞬間である。（岡本浩一、前掲書）

そういえば、こんなことがありました。

先日のお茶の稽古のときのことです。翌日が大雪になるというニュースで持ちきりだったにもかかわらず、茶杓の銘を「春風」と付けてしまいました。深い考えもないことです。ところが正客は、それこそ春風のような笑顔でもって「そのような心持ちこそが春を呼ぶのですね」と応えてくれました。

そのとき、本当に温かな風が吹いたように感じたものです。それは、ただの自他未分離の心地よさではない、他者がいて他者に受け入れられ、そうすることで、世界が変わって見える経験でした。

〈はなやぐ春〉雛の宵

雛祭りのお茶席の掛け軸には、可愛らしい蛤のお雛様の画に、讃として大徳寺大綱和尚の「雛の宵」という遺詠が添えられていました。和尚は表千家吸江斎《きゅうこうさい》や裏千家玄々斎とも親しく、和歌や茶道の嗜みも豊かであったと伝えられます。

三千歳《みちとせ》の桃の盃とりどりに　いずこも今日は仙人の宿

歌の大意は次のようなものです。

雛祭りの宵、家々で雛の宴が始まっている。三千年の長寿を与えると伝えられる桃を模った盃が酌み交わされ、いずれの家でも仙人になったような心持ちだろう。

「三千歳の桃《もも》」とは漢の武帝が西王母という仙女からもらったという、三千年に一度花が咲き実を結ぶ不老長寿の桃を指します。珍しく、そしてめでたいもののたとえとして使われます。

『拾遺和歌集』には凡河内躬恒《おおしこうちのみつね》の次のような歌もあります。

みちとせになるてふもものことしより　花咲く春にあひにけるかな

三千年に一度花が咲いて実を結ぶという不老長寿の桃が、まさに花咲こうとする春にめぐり合ったのだ、と詠っています。長く厳しい冬をようやく乗り越えた喜びを表すのみならず、どこか異世界へいざなう道具立てとして「桃」が使われています。

冒頭の大綱和尚の歌も、雛の宴の浮き立つような気分と同時に、あたり一面に魔法をかけられたような不思議な雰囲気を醸し出しています。

イザナギが鬼となって追いかけてくるイザナミに桃の実を三個投げつけて追い返す話や、桃太郎が鬼退治をする話など、古来桃には「邪気」を追い払う絶大な力があると伝えられています。

玄侑宗久さんは、この邪気を払う力は、桃の「無邪気」にこそあるのだと語ります。たとえば道元禅師は、悟りの世界を次のように詠みました。

春風にほころびにけり桃の花　枝葉に残る疑いもなし

玄侑さんによると、ここには疑うことを知らない桃の無邪気さが表れています。春風にさらされたならば、吹き飛ばされてしまう、などと考えることもなく桃の花は無邪気にそこに咲いて、ひたすらに匂い立っています。邪気に対して邪気で対抗するのではなく、無邪気こそが強い春風に対しても揺るがない姿勢なのです。

今まで張りつめていた緊張をにわかに和ませ、魔法のように雰囲気を変える力が、桃にはあって、その不思議な力を寿ぐのが「桃の節句」である。そう考えると、冒頭の大綱禅師の遺詠は、茶席に限らず、人の世はかくあれという祈りの言葉にも見えてきます。

〈花吹雪のなかで〉三月三十日の風光

満開の桜に容赦なく風が吹き付け、桜吹雪が舞い始めました。春に別れを告げるようで、茶杓の銘を「花いかだ」とすることにも、少しためらいを覚えます。

唐代の詩人の賈島《かとう》は、千二百年前の今日のこの日のことを、「三月晦日贈劉評事（三月晦日劉評事《かいじつりゅうひょうじ》に贈る）」という詩に詠んでいます。

三月正当三十日（三月　正に三十日に当たり）
風光別我苦吟身（風光　我が苦吟の身に別る）
共君今夜不須睡（君と共に　今夜眠ることを須《もち》いず）
未到暁鐘猶是春（未だ暁鐘に到らずんば　猶これ春）

詩の大意は次の通りです。

三月、ちょうど今日は三十日
春の風光は、苦吟するこの身に分かれ去って行く
君とともに今夜は眠らずに過ごそう
暁の鐘が鳴らないうちは、まだ春なのだから

作者の賈島は、「僧は敲く、月下の門」の句を「敲く」にするか「推す」にすべきか悩みながら道を歩くうち、韓愈の行列にぶつかってしまう、あの「推敲」の成語のもととなった詩人です。二句目の「苦吟身」とは、そういう悩み抜いて詩作する姿を指しており、進まない筆を、春の風光が追い越すように過ぎ去ってゆく様子を、ため息とともに描いています。

ところが三句目に詩の趣が一変します。

行く春に追い越されないように、君とともに眠らずに過ごそうではないかと、詩作の悩

みそのものを、詩に溶け込ませていきます。ひとりで悩みに閉じこもるのではなく、対象化してそれを共有できる友との語らいへと転じるのです。そうして、まだ大丈夫、春はまだ過ぎ去ってはいない、とみずからを励ますように四句目を結びます。ちなみに「君」とは春を擬人化したものだと解する読みもありますが、ここはやはり友人に対する呼びかけ、と読みたいところです。

悩みから逃れるのではなく、悩んでいる自分自身を遠くの視点から眺めることができる、そういう強さも感じる詩です。

第二章の仙厓和尚のところでも述べましたが、仙厓の死の床で書かれた遺偈の末尾は、賈島の詩「尋隠者不遇（隠者を尋ねて遇わず）」の、次に掲げる結句と同じです。

雲深不知処（雲深くして処を知らず）

隠者の行方を、お付きの童子に尋ねた答えが、「今は、この奥深い山中のどこかに居るけれども、あまりに雲が深くて、どこにいるかは分かりません」というものでした。

童子の答えをあらかじめ予期していたような聞き手の脱力感も伝わってきます。老師の行方を遠い目で追う童子の視線に、その視線を追う聞き手の視線が重なって、霧がかかったような世界が広がるようです。

仙厓の遺偈では、死の床の自分を「まるで隠者のように、どこにいるのか分からないじゃないか」と弟子たちとともに笑い飛ばすようなユーモアと、それを可能にするダイナミズムをも生み出しています。

童子の視点が加わることで厚みが生まれるのは、前掲の三月三十日の詩に、眠らずに共に過ごす友人が登場して、世界が広がるのと同じ効果です。

〈薫風の頃〉梨花一枝春

五月に入ると、お茶の稽古も「炉」から「風炉」に変わります。

社中の先輩が「令和の初風炉よろしくお願いします」と師匠に挨拶されたので、炉開きが茶人の正月であるのと同じように、二〇一九年、ちょうど改元のタイミングで迎える初風炉のこの日も心改まるめでたい日なのだと気づきました。

床には「梨花一枝春」の軸が飾られています。

禅語として使われる場合には、「わずか一枝の梨の花にも、天下の春は十分に表れている」と解されるところです。

出典は白居易の「長恨歌」で、玄宗皇帝が道士に命じ、亡くなって仙女となった楊貴妃を訪ねて行かせる、というくだりです。ようやくたどり着いた道士は、美しく舞うように現れた仙女の様子を次のように詠います。

玉容寂寞涙闌干（玉容寂寞として闌干《らんかん》に涙《るい》す）
梨花一枝春帯雨（梨花一枝春雨を帯ぶ）

玉のような美しい顔は寂しげで、涙がぽろぽろとこぼれ
梨の花が一枝、春の雨に濡れている。

道士は、悲しくむせび泣く楊貴妃を見て、春雨《はるさめ》に濡れる梨の花になぞらえたのです。

桜の花によく似た梨の花は、赤みのない真っ白な花弁で、一心に天を仰ぐように咲くのが特徴です。けなげに上を向く可憐な花のうえに、雨が降り注ぐさまが、楊貴妃の涙のように見えたという、叙情的な詩です。

『長恨歌』では、「一枝の梨の花」も「春」も雨に沈んで泣いています。一木一草に天下の春は宿るという禅語の一般的な理解では、ここは物足りないと思います。

あえて、長恨歌の持つ奥行きを生かすとするならば、万物に顕れる春は、同時に深い悲しみをたたえている、ということになるでしょうか。

美しい花々や柔らかい光を存分に楽しませてくれた春が、今まさに過ぎ去ろうとしています。新しい時代の幕開けは、ひとつの時代の終わりであることも意味しています。

〈木々の芽吹く頃〉山花開似錦

緑が芽吹き、山々が明るく輝き出すのを「山笑う」と表現します。

お茶の稽古には、「山花開似錦（山花開いて錦に似たり）」の掛け軸が掲げられていました。出典の『碧眼録』は、この後に「澗水湛如藍」（澗水《かんすい》、湛《たた》えて藍のごとし）が続きます。

人間はもとより形あるものはすべては滅びゆく存在である。その移ろう世の中で永遠に変わらぬ絶対的真理はいかなるものでしょうか、と修行僧は大龍和尚に尋ねました。これに対して和尚は「山花開似錦　澗水湛如藍」と答えます。

いつかは散る花、いつかは枯渇する川が、今疑いもなく輝いているさまを指し示すことで、禅師は永久不変なものを求める修行僧の、問いの立て方そのものが間違いであることを諭した。そう解されるところです。

禅の公案とは、禅師と修行僧との間で交わされる教育的な問答なので、どうしても禅僧の心構えはかくあるべしという教えが凝縮されていると考えます。しかし、そこに教育者の自尊心が強調されて、かえって煩悩が見え隠れするようにも感じます。

弟子の誤りを指摘したのだというより、そんなことより目を転じてごらん、と促したのだととらえた方が、我々にとって心の糧になるのではないか、そう思います。

今ある美しさに視点を促し、それに同一化しようと語りかける禅語は、ほかにも多く見られます。たとえば、次のような言葉たち。

青山元不動（青山元動《せいざんもと》かず）
白雲自去来（白雲自ずから去来す）
山は厳然として動きはしないが、
動いてやまない雲によって変幻自在の不動の姿を見せている。（『五灯会元《ごとうえげん》』）

行到水窮処（行《ゆ》いては到る水の窮《きわ》まる処《ところ》）
坐看雲起時（坐して看る雲の起こる時）
ぶらぶらと、流れの尽きるあたりまで歩いて行き、腰を下ろして雲の湧くのを無心に眺めてみよう。（王維『終南別業』）

泉声中夜後（泉声《せんせい》中夜《ちゅうや》の後）
山色夕陽時（山色《さんしょく》夕陽《せきよう》の時）
泉の音は、深夜に最も冱え響き、
山色は夕陽に映じた時が最も麗しい。（虚堂智愚『虚堂録』）

種明かしをすると、上記の禅語はいずれも、かつてクレージー・キャッツの植木等さんが歌った「だまって俺についてこい」の、次の歌詞に響き合うものを選びました。


「みろよ青い空　白い雲」

「みろよ波の果て　水平線」

「みろよ燃えている　あかね雲」

それぞれ、一番、二番、三番の歌詞のサビの部分で、「そのうちなんとかなるだろう」と続いてオチになります。

実は、冒頭の禅語から想起したのが、あの植木等さんの朗々とした歌声でした。

奇を衒って、ひねくれた読み方をしているわけではありません。わたしは、禅語の多くが「仏性」とか「悟り」などという、いかようにも解釈できる便利な言葉から離れてみて、初めて有り難みを感じるのだと、俗世の身として常々思うのです。

〈梅雨の頃〉一滴潤乾坤

お茶の稽古に通う道すがら、色彩を競うように咲くアジサイの一群のなかに、円錐形の白い花房をたわわに下げる「カシワバアジサイ」を見つけました。世界は豊かさで満ちている、そう思わせる旺盛な生命力です。

茶室の掛け物は「一滴潤乾坤」（一滴乾坤《けんこん》を潤す）

一滴のしずくが全宇宙を潤す、という意味の言葉です。

出典は『景徳伝灯録』で、「達磨さんはなぜインドから中国に来たのか」という問いに対する、白水禅師の答えがこの禅語なのだと言います。

一滴のしずくが大河の流れとなって大地を潤すように、達磨大師の教えが広がり、我々皆がその恩恵を受けている、そう答えています。

梅雨時から初夏にかけて茶室に設けられる掛け物に、先ほど触れた「遠山無限碧層々」があります。

禅語によく使われる問答なのでしょうか、これも出典の『碧巌録』では「達磨さんはなぜ西からはるばるやってきたのか」という問いに対する答えとして禅師が発した言葉です。

先にも述べたように、これまで夢中で踏み越えてきた山々を振り返ってみると、赤から碧へゆっくりとかすみながら、青さをいっそう深めて遠山の稜線が浮かび上がっている。夜の闇に溶け込む一瞬手前の圧倒的な存在感を指して禅師は、問いに対する答えとしています。

はるばる西からやってきた達磨さんと、今のわたしたちとを因果関係で結ぶのではなく、今まで踏み越えてきた山々が、現にこのようにあって、これからも達磨さんとともに道中にあるのだ、と禅師は視点を変えるように教えています。

そうであれば、冒頭の禅語「一滴潤乾坤」の「一滴」も、必ずしも達磨さんの教えととらえずに、語のそのままの響きに耳を傾ける方が、味わい深い言葉になるように思います。

たとえば、ほんの一言かけられた言葉によって、世界が変わって見えることもあります。ひとすくいの掌中の水に月が映じることで、世界は驚きに満ちて見えます。そして、いずれも変わって見えた世界に沈潜し、そこから発した言葉でなければ、心に響くことはありません。

潤された大地の豊穣を、奔放に伸びるアジサイの花々によって、わたしたちは驚きとともに受け取ることができます。豊かさ、多様さ、奔放さ、そうしたものへの驚嘆がまずあって、「一滴」へと思いを致す視線の動きが、この禅語の真骨頂なのではないか、そう思いました。

〈夏の終わりに〉ししうどの花

「ししうど」は夏の高原などに咲く、背の高い均整のとれた花です。複数の枝先に白い小さな花がいくつも咲いて、一斉に開いた花火のようにも見えます。同じ種類の「野竹《のだけ》」は、紫色を帯びた可憐な花で、秋になって茶花として使われますが、命の不思議さを感じさせるのは、やはり野にあって白さが際立つ「ししうど」だと思います。永田和宏さんの歌集を読み返していて、次の歌に惹きつけられました。

きみがもうゐないから自分で覚えなければと柵のむかうのししうどの花（永田和宏『歌集　午後の庭』角川書店）

この世の豊かさや不思議さをたたえて咲き誇る花があって、その名を教えてくれる人はもういない。「驚き」を言葉に変える介助者、あるいは言葉を介して驚きを共有できる随伴者がいなくなること、それは世界を支えるものの喪失を意味するのでしょう。

木の名草の名なべては汝に教わりき冬陽明るき榛《はん》の木林（永田和宏『歌集　華氏』雁書館）

汝とは、癌で早世した妻河野裕子であり、彼女に草木の名を「なべて」教えてもらっていたようです。永田さんは著書『家族の歌』で妻の壮絶な闘病生活と自身の心の動きを包み隠さず吐露していますが、冒頭の歌にも当惑とも悲嘆ともつかない切ない思いが、にじみ出ています。それでも我々が「ししうど」の歌で励まされるのは、「自分で覚えなければ」の一語があるからだと思います。

この世の中は言葉によって組み立てられていて、たとえば「ししうど」という名を介して世界がジグソーパズルのピースをはめ込むように、ひとつの統一体にまとまります。しかし、高原に可憐な花が咲いていて「ああ、ししうどだ」と思わず口をついて出てくるときのその言葉と、「自分で覚えなければ」と改めて思う「ししうど」とは、どこか大きな違いをはらんではいないでしょうか。

言葉の世界が自分にとって大切な人によって支えられていることに気づくとき、世界は愛おしいものに変わります。母親から口伝えで教えてもらった言葉、家族で育んだ言葉、社会によって鍛えられた言葉。どの言葉も大切な人に支えられた愛おしいものであるはずなのですが、普段そのようなことを忘れて言葉を道具のように使い、世界をとらえています。

道具としての言葉ならば、それによって組み立てられる世界の約束事に、盲目的に従うことも、感情的に反発することも、どちらの選択も簡単です。それを支える人が視界から消えれば、振り子はどちらにも容易に振れてしまいます。

ところが、その世界を支えてくれた人がもういないことを意識して「自分で覚えなければ」と思うとき、その言葉には愛おしいものを永続させたいという願いが込められます。大切な人との間で育まれていた豊かな言葉の世界を、自分が引き継ぐのだという覚悟も、そこには伴います。最初の章で述べた「バトン」の引き継ぎです。実に単純なことなのに、わたしたちは「大切な人」を失って初めて、このことに気がつくのです。

先ほど述べたカシワバアジサイの花も、このししうどの花も、大地の豊穣さ奔放さを驚きとともに知らせてくれます。そして、その驚きを引き継いでいるのは言葉の世界です。

「きみがもうゐないから自分で覚えなければ」と詠む歌人の眼差しは、妻に向けられるもののようでもありながら、冒頭の一首は、言葉の世界を背負う巨人のつぶやきのようにも聞こえます。

〈名月三題　その一〉掬水月在手

初めて大寄せ茶会に参加したときのことです。

社中の先輩方に連れられて待合の席につき、濃茶の席に招かれるのを待っていると、圧倒的に女性が多く、男性の多いわが社中は特異な存在なのだと分かります。

順番が来ると二十人ほどの団体で、濃茶席に移動して床の間の掛け軸を拝見します。その日は、淡々斎宗匠の見事な墨蹟で「吟風」としたためられていました。

濃茶をいただきながら、そういえば数日前の中秋の名月は美しかった、吟風とはまさに月を愛でるときの風情だなあ、などと考えていました。

家に帰って気づいたのですが、「吟風弄月」で成句をなし、「風を吟じ、月を弄ぶ」は、月を眺め、詩を吟ずる姿を表しています。

濃茶席が終わると、今度は大広間で薄茶をいただくことになります。ここは三十人ほどの大所帯で一堂に会することになります。

「吟風」の掛け軸のあとに、薄茶席の大広間で拝見した掛け軸が「掬水月在手」です。

この句は、わたしの好きな詩の一片で、「水を掬《きく》すれば月手にあり、花を弄《ろう》すれば香衣《かおり》に満つる」と続きます。小川の水を手で掬《すく》ってみると、そこにちょうど月が映り、花を弄べば、花の香りが衣に満つるという、とても贅沢な気持ちにさせてくれる、中国唐時代の于良史《うりょうし》の詩です。

禅語では、水を掬った手のひらの中にも、花の香りが移った衣にも、春の美しさが宿るように、等しく仏性は宿るのだと説かれるのが通例です。だからその時々の「気づき」が大切なのだと。しかし、そのように解してしまっては、あふれるばかりの贅沢さが減じてしまうようにも思います。

掌中の月は水を掬った瞬間に驚きとともに現れ、花の香りは戸惑うほどに衣に漂い続けるのです。そこに象徴されるようなものは何もない、そうとらえた方が、月の影や花の香りに対する畏れや、愛おしさや、そしてこの瞬間のかけがえのなさも、抜け落ちることはないのだと思います。

濃茶席の掛け軸を四字熟語にすると「吟風弄月」であると気がついていれば、二つの掛け軸が響き合っていて、お茶会全体のテーマが統一されているのが分かります。初めての大寄せ茶会で得た気づきでした。

〈名月三題　その二〉千江有水千江月

稽古や茶会で出会ったものではありませんが、禅語集を見ていて、心惹かれた語です。此菴禅師の『嘉泰普燈録』が出典とも、長霊禅師の『長霊守卓語録』が出典とも言われる禅語です。冒頭の句には、万里無雲万里天（万里雲無し万里の天）が続き、広大な景色を描き出しています。

千江有水千江月（千江水有り、千江の月）
万里無雲万里天（万里雲無く、万里の天）

あらゆる川は水をたたえて、それぞれが月影を宿し、どこまでも雲ひとつない天は無限に広がる。

日本の禅師の言葉でありながらダイナミックで、対句を成した詞調もリズミカルなので、中国人にもよく知られた言葉です。西田幾多郎が好んだ禅語でもあります。この語の魅力はスケールの大きさだけではなく、そこに関わる視点の多数性にもあるのではないでしょうか。「千江有水千江月」には、美の世界に沈潜するひとりの視点ではなく、千の川それぞれの水面に映る月があって、それを賞《め》でる複数の視点が前提とされています。

たとえば、昨日見た中秋の名月が、薄雲にかかり鮮やかな「月虹《げっこう》」を帯びている様子を、我々はスマホ画面でインターネットを通じて共有することができます。「掬水月在手（水を掬すれば月手に在り）」の句に見られる風流はありませんが、我々は液晶画面で文字通り「月在手」を体験できるのです。水を掬った手にふと月が現れるのに驚くのではなく、何百キロ離れた遠方でも、月虹を帯びた中秋の名月に感嘆する人がいることに、掌中の月を通じて改めて思いを致すことができます。

「千江有水千江月」には無限に視点を広げてゆく運動があり、「万里無雲万里天」はその運動を可能にする、とらわれのない心を指している。そんなふうにも考えました。

玄侑宗久さんは、その著書『禅語遊心』（ちくま文庫）のなかで、この禅語を別の観点から明快に解説しています。玄侑さんは、「千江有水千江月」をあまねく存在する仏性の発見であるとし、「万里無雲万里天」を、それぞれの仏性が開花して煩悩の雲がなくなってしまった満天の澄んだ空を表しているとしています。そのうえで、前半と後半には飛躍があると、次のように述べています。

自分には仏性がある、ということはなんとか信じられるとしても、前半から後半へは、そう簡単に移行できない。飛躍がある。つまり、嫌なあいつにも仏性があるのだと、心から思えなければ、こんな言葉をすらりとは吐けないだろう。しかしそれができれば、天地は斯のごとく広大無辺になるのである。

『法華経』には「常不経菩薩」という方が登場する。自分をどんなに侮辱し、バカにし、虐めるような人にでも、この方は「我、汝を軽んぜず」と言って礼拝するのである。それはつまり、その人に潜む仏になる可能性に対する礼拝だ。（前掲書）

月を賞でる複数の視点を単に思い描くのではなく、玄侑さんの解釈では「他者」への働きかけという大きなハードルが課されます。外へ向かって限りなく開かれてゆく、その心がけの大きさが、この禅語の世界観を広大無辺にするのだと思います。

〈名月三題　その三〉西行の月

中秋の名月に関わる話をもうひとつ。月を賞でるのではなく、自分を月のように磨き鍛えようとした西行の話です。お茶の稽古とは直接の関係はありませんが、わたし自身、修練のなかで心に描いておきたい月の姿を、西行が歌に詠んでいます。

前日の月が中秋の名月であることに気づいて、その夕刻、近くの菓子店に散歩がてら月見団子を求めに行ったところ、どの棚もきれいに売り切れていました。わたしと同じように、今気づいたとばかりに、慌てて団子の棚に行き着いて、立ちすくんでいるご近所の方と目が合い、互いに笑ってしまいました。

風流も何もない、中秋の名月の夜の散歩でしたが、手ぶらで帰宅するわたしを照らす月は、鏡のように透きとおっていて、思いもかけず夜の散歩をすることになった顚末も、何もかもを映しているようでした。

そして月に照らされて歩きながら、首尾よく月見団子を手に入れて眺める月と、こうやってとぼとぼと歩く帰り道をひたすらに映す月は、果たして同じ月なのだろうか、とも思いました。

西行は『聞書残集《ききがきざんしゅう》』に、次のような歌を詠んでいます。

憂き世にはほかなかりけり秋の月ながむるままに物ぞかなしき

意味の取りづらい歌ですが、大意は次のようなものです。

月は「憂き世の外」にあって、それを「憂き世」の側から眺めると、ひとときの間心が慰められる、といったものではない。「憂き世の外」などはそもそも無く、秋の月は眺めるほどにわが身を悲しくする、そういうものなのだ。

この歌は、大江為基の別の歌を下敷きにしています（『古典つまみ読み』武田博幸著／平凡社新書に教えられました）。大江為基は、妻に先立たれて悲しみのなかにあったときに、次の歌を詠みました。

ながむるに物思ふことのなぐさむは月は憂き世の外よりは行く

月が「憂き世の外」に行くからだろうか、月を眺めていると傷心も慰められる、という歌です。この為基の歌がまずあって、西行はこれに異をとなえる形で先の歌を詠んだのです。「憂き世の外」などはないのだと。

また、西行は『新古今集』に、次のような歌も詠んでいます。

月の色に心を清く染めましや都を出でぬわが身なりせば

北面の武士という務めを捨て、若くして出家して都を去る西行は、月を見て「ああ美しい」と詠うのではなく、あの月の色に自分の心を染めようと誓うのです。

憂き世を超越したどこかに身を置いて澄ましているのではなく、憂き世の諸々の出来事のただ中にいて、それらをただ鏡のように観じていたい、そういう決意が西行の歌には込められています。先ほどの「憂き世の外」はないという厳しい認識は、その厳しい世の中をそのままに映していたいという覚悟と、ひとつのものなのです。

西行と心を通わせ合った親友西住上人が、重い病で倒れた際、駆けつけた西行は降り積もる雪を見て、「積もる雪を見ていると、諸々の煩悩が清められたように感じる」と歌を詠みます。（頼もしな雪を見るにぞ知られぬる積もる思ひの降りにけるとは）

これに応えて、病床の西住は、次のように返します。

さぞな君心の月を磨くにはかつがつ四方に雪ぞ敷きける

（その通りだ。君が心の月を磨いてきたために、何はさておき雪が一面に降り敷いたのだ）

西行の人生が、みずからがそう願ったと同じように、親友の目から見ても「心の月を磨く」ようなものであったことが、この歌からもよく分かります。

〈冬を迎えて〉銀杏の木

もうひとつ、お茶の稽古から離れて、偶然見た夢のような景色の話をします。出張先の帰り道に、見事な銀杏林があると聞いて、早速立ち寄ってみました。平日の昼下がりで、小さなお子さんを連れたお母さんたちで賑わっています。

傾きかけた陽射しを浴びた銀杏の林は、まさに黄金色に輝いていて、ときおり吹く風に葉が舞い散ると子どもたちが歓声を上げます。金色の絨毯の上を子どもたちが駆け回る様子を眺めていると、異世界に誘われるような心持ちがしてきます。

金色のちひさき鳥のかたちして銀杏ちるなり夕日の岡に（与謝野晶子『恋衣』）

晶子も同じように小さな子どもたちを連れて、銀杏の木の下で舞い散る葉を眺めていたのでしょうか。

銀杏の木は近・現代の歌や詩に多く現れますが、古代には全く登場しません。漢籍にも姿を現すのはまれです。

銀杏の木は約二億年前の中生代ジュラ紀に栄えましたが、百七十万年前の氷河期に恐竜とともに姿を消しました。百万年ほど前には化石の記録も途絶えているのだそうです。このため銀杏は、メタセコイアとともに「生きた化石」と呼ばれています。今残っている銀杏は、絶滅を免れたたった一種類が十世紀頃に中国南部で再発見されて、人間の手で移植させられたものなのだそうです。諸説ありますが、わが国に伝来したのは十三世紀鎌倉時代あたりではないかと言われています。

なお「いちょう」の名は、葉の形が鴨の足に似ていることから「鴨脚（イーチャオ）」と名付けられた中国名が訛って伝えられたものだそうです。杏によく似た銀色の実をつけることから「銀杏」と表記されたり、孫の代にならないと実の収穫ができないことから「公孫樹」と表記されるようになりました。面白いのは、銀杏の英語名の〝ginkgo〟（ギンコウと読みます）は、「銀杏」の音読みの〝ginkyo〟を書き誤ったものらしいということです。

中国から渡り日本を経由して十八世紀に世界に広がった銀杏も、その名前は「伝言ゲーム」のように変化しています。

うつしみの吾が目のまへに黄いろなる公孫樹の落葉かぎり知られず（斎藤茂吉）

「うつしみの吾」の目の前には、限りない異世界が広がっています。それは数億年前に栄えて絶滅したはずの生物の、時間を超えた再生の姿にほかなりません。目の前に異世界が広がっていて、自分もその世界に一体化してゆく過程。「美」は世界をかくも奥深く生き生きとよみがえらせるのです。

三　楽しき試練

〈師走〉歳月不待人

初釜茶会の薄茶点前を務めるよう師匠から仰せつかって、稽古場の掛け軸の「歳月不待人」に急かされるように感じます。すべての手順を頭に叩き込むためには、もう少し時間がほしい。しかし時は嘲笑《あざわら》うように過ぎ去ります。

陶淵明は「及時当勉励　歳月不待人（時に及んで当に勉励すべし　歳月人を待たず）」と詠んでいるので、掛け軸の言葉も「時の流れに負けないように刻苦勉励しなさい」という警句のように解されがちです。しかし、その四句前までさかのぼると全く違う色合いになります。

得歓当作楽　（歓を得ては当に楽しみを作すべし）

斗酒聚比隣　（斗酒　比隣《ひりん》を聚《あつ》む）
盛年不重来　（盛年　重ねて来たらず）
一日難再晨　（一日　再び晨《あした》なり難し）
及時当勉励　（時に及んで当に勉励すべし）
歳月不待人　（歳月　人を待たず）

うれしい時は大いに楽しみ騒ごう。酒をたっぷり用意して、近所の仲間と飲みまくるのだ。血気盛んな時期は、二度とは戻ってこない。一日に二度目の朝はないのだ。楽しめる時は大いに楽しもう。歳月は人を待ってはくれないのだから。

酒を好む隠遁詩人の面目躍如たる詩です。しかし、この詩が享楽的な飲酒の礼讃だけではないことは、この詩の最初の四句を見れば明らかです。

人生無根蒂　（人生は根蒂《こんてい》無く）
飄如陌上塵　（飄《ひょう》として陌上《はくじょう》の塵の如し）

分散逐風転　（分散し風を追って転じ）
此已非常身　（此れ已《すで》に常の身に非ず）

人生には木の根や果実のヘタのような、しっかりした拠り所がない。まるで、当てもなく舞い上がる路上の塵のようなものだ。風のまにまに吹き散らされて、もとの身を保つこともおぼつかない。

陶淵明が生きた四世紀頃、老荘思想を主題にする「玄言詩」というものが盛んでした。具体的な事象よりも抽象的な哲理を主題とする詩です。陶淵明はこれに代わる詩の風格を生み出します。無常の現実の姿を写し、そこに哀しみを反転するような爆発的な歓びを表すのです。

この詩には「飲酒の楽しみ」であるとか「時の経つことの早さ」とか、そのような一般的な事柄が語られるのではなく、無常の日々を魂を削るように生きる、陶淵明の姿が浮かび上がります。

焦る気持ちも不安もすべてを引っ括《くる》めて、今をいとおしむ気持ちが「歳月不待人」の一語に込められています。

〈冬、再び正月〉松無古今色

初釜も無事終わり、年の初めの稽古の掛け軸が「松無古今色」です。

松には古葉、若葉の入れ替わりはあっても、季節を通じてその翠《みどり》を保ち、年月を経ても変わることはありません。変わらぬ松の翠を、変わらぬ家族の安寧、親しい人との変わらぬ交誼などと重ね合わせて、将来に想いを馳せるのです。

しかしながら、この語は対句をもって表現されます。

竹有上下節（竹に上下の節あり）
松無古今色（松に古今の色無し）

上句の「上下の節」とは、普通、儒教的な礼節のことを指していると言われます。そして、上下の区別のような世の中を成り立たせるための約束事がありながら、そうやって立ち上がる竹という命の節の上下に差別はなく、松の変わらぬ翠のような生命を輝かせているのだ、というように解釈されます。

そのように解しても十分に含蓄のある言葉ですが、竹の節を礼節ととらえるのではなく、「人生の節目」ととらえる玄侑宗久さんの解釈が、わたしは好きです。

自分にとっての大きな節目。たとえば親の死。自分の入院。大切な人との別れなど。そんな人生上の節目は、成長途上にどうしても必要な試練と思える。そういった節があるからこそ柔軟に曲がれるわけだし、しかもそこからしか枝は生えない。哀しく辛いとき節ができるほどに悩み苦しめばこそ、新しい枝がそこから生えるのではないだろうか。（中略）

風も、別れも、あるいは自らの病気も誰かとの死別も、全て「希望」と共に受け容れることで佳いご縁になるのではないか。

因果律だけでは理解できない突然の出来事も、そうして受け容れる人こそ君子なのであり、そこにこそ涼しい風が吹き渡るのではないだろうか。（『禅語遊心』ちくま文庫）

自分の思いとは無関係に人は行動するもので、こんな間尺に合わない話はないという出来事に人生は満ちています。不慮の事故による大切な人との別れなど、どうしたって納得できないことでしょう。いずれ誰かがどこかで辻褄を合わせてくれることなど決してない、どうしようもない不条理に満ちているのが人生です。

それでも、そういうことをすべて含めて「希望」と共に受け容れることができるのならば、人生の景色は変わって見えるはずです。

そうして見た松の古木は、深い翠をたたえており、わたしはこうして希望とともに生きていると語りかけてくるのです。

そこまで考えて、こんな話を思い出しました。

アウシュヴィッツから奇跡的な生還を果たしたフランクル博士は、余命わずかでありながら、収容所の中で希望を失わなかった女性のことを記しています。彼女は病室の窓から見えるカスタニエンの樹が、こう話しかけてきたと述べています。

私はここにいる──私は──ここに──いる。私はいるのだ。永遠のいのちだ。

（『夜と霧』霜山徳爾訳／みすず書房）

どんな不条理にも心折れることなく、カスタニエンの樹のように深い翠をたたえていたい。年頭に当たりそのように思いました。

〈めぐる季節〉いのちの水流

自宅の窓から臨む神社の境内には、すっかり花を落とした桜木が陽射しを通して柔らかな若葉のシルエットを見せています。

さくら花幾春かけて老いゆかん身に水流の音ひびくなり（馬場あき子『桜花伝承』）

毎年違うことなく咲き満ちる桜も、この年は早々と散ってしまいました。あと何年桜を賞でることができるだろうかなどと感慨に浸る間もなく、若葉は爽やかな息吹を吹き込んでいます。

歌人であり科学者でもある永田和宏さんの秀逸なたとえを使えば、季節のめぐる円環時間には、行って帰らぬ直線的な時間の流れが交差しており、我々人間は直線と円とが織りなす螺旋時間を生きているのです。来年の桜は螺旋のひとつのピッチ分ずれた花の季であり、桜木の若葉の息吹も年が変わるごとに、ひとまわり新たな景色として現れるのでしょう。

そして、そうやって時間の流れを感じる体の奥底に、いのちの水流の音が響くのを感じるのです。

お茶の稽古に伺うと、床には牡丹の花が活けてありました。その大きく豪華な花に目がとまります。

牡丹花は咲き定まりて静かなりはなの占めたる位置の確かさ（木下利玄『一路』）

牡丹の花の存在感は、ほかに比べようがありません。咲き定まって、これ以上の咲きようがあろうか、と誇らしげに問うているようでもあります。その花の占める位置はあまりにも確かで、この世ならぬ世界に通じているかのように感じます。

師匠の話では、牡丹の花は植え替えてからしばらくは花を咲かさないものの、一度花を咲かせれば毎年美しい姿を見せてくれるのだそうです。花の王といわれる牡丹が、一方で「はじらい」という花言葉も持っているのも、そのような理由からだそうです。

牡丹は花が咲き誇るまでの長い年月をその体の中に秘めています。そう思って牡丹の花を眺めていると、大輪の花から柔らかな葉や茎にかけてとうとうと流れる「水流の音」が聞こえてくるようです。

炉の火を覆うようにかけられた「透木釜《すきぎがま》」からは、ちょうど一本の湯煙の柱がまっすぐに立ち昇っており、それはまるで、その場を制する大きな命の水流のようにも見えました。

半杓の水

師匠のもとに通い始めて三年経ったとき、秋季茶会の薄茶席を受け持つことになったので、お点前をしてみなさいと言っていただきました。先ほど触れた「掬水月在手」の軸がかけられていた、三十人ほどの大寄せの席です。数か月の間、その茶会に向けて、特別に稽古をしていただきました。そのときのことを、日記に次のように書き留めています。


秋のお茶会が近づくにつれ、週末の稽古も本番を想定するようになりました。

今年は日本庭園に面した広間での薄茶点前を、ほかの社中と合同で担当するため、本番直前になるまで、道具の全てが揃わない状態で稽古をしなければなりません。

いずれも家元書付の名品が揃うということで、他の社中持ち寄りの道具にめぐり合うことは、茶会近くになるまで叶わないのです。


本番の茶碗が手元にない状態では、茶碗の深さ、形状が分からないので、茶碗に注ぐべき湯の適量を把握することが難しくなります。そこで、茶碗に注ぎ終えた見た目で適量を確認するのではなく、注ぎ終えて柄杓《ひしゃく》に残る湯の残量から適量を計る、という基礎に立ち戻ることになります。

お茶の点前では、茶釜からお湯を柄杓で汲んで茶碗に注ぐとき、一杓を掬って半杓を使い、残り半杓のお湯を茶釜に戻すという所作を行います。この「半杓の水」を残す行為に、改めて向き合うことになります。「これから使う量」ではなく「使わずに元に戻す量」に着目するのです。

永平寺の開祖、道元禅師は毎朝仏前に供える水を、大仏川で汲んでいました。このとき最後に杓に汲んだ水の半杓の量を、大仏川に返すことを常としていたのだそうです。元の流れに返す半杓の水が、やがて万人の汲むべき水のひとしずくになると考えたからでしょうか。永平寺の正門に向かって右側の石碑には、七十三世熊沢泰禅《くまざわたいぜん》禅師の筆跡で、「杓底一残水」、左側の石碑には「汲流千億人」の文字が刻まれています。柄杓の底に残ったわずかな水を、多くの人が汲むことになる、という意味です。「陰徳を積めば、万人に恵みが及ぶ」とも解されますが、ここは「元に戻す」行為そのものに注日した方が、より道元の意図に沿うのではないかと考えます。「半杓の水を戻す世界」として、つまりむさぼる対象ではなく与える対象として、道元はこの世界を毎朝とらえ直していたと思うのです。

利休が道元禅師の教えを受けて、半杓の水を戻す所作を定めたのかどうかは不明です。しかし、一度汲んだ水を半杓元に戻すことで、次客、三客がこれを分かち合うことになるという、象徴的な意味合いを込めたことは想像がつきます。道元禅師の「半杓の水」に立ち返るならば、それは遠く将来に向けての「贈り物」に他ならないと思います。将来の未知の参加者というものを勘定に入れて世の中に向き合う、新たな立ち位置と言い換えることもできます。

喫茶去

秋季茶会の点前の務めも、反省点を多々残しながら役割を終えました。ようやく重い荷物を下ろした気持ちです。

お正客が風炉先屏風の先から優しい眼差しを向けてくださっていたので、広間の連客約三十名の視線も気にならず、お点前を進めることができました。練習では、お正客に視線を向け、声をかけるタイミングにも気を付けて反復練習をしていましたが、本番では「お点前」と「正客」の役割を超えた「お茶を差し上げる」という原点に立ち返ったように感じます。

床の間には「喫茶去」の掛け軸が掛けられています。

中国唐代の禅師、趙州《じょうしゅう》禅師の語録に残された言葉で、次のような注釈が付けられています。

趙州禅師が来山した修行僧のひとりに「あなたはかつてここに来たことがありますか」と尋ね、僧が「ありません」と答えると「喫茶去（お茶をおあがり）」とお茶を勧めました。禅師はもうひとりの僧に同じことを尋ねると、今度は「来たことがあります」と答えましたが、その僧にも禅師は「喫茶去」とお茶を勧めました。そばにいた院主が「初めて来た人にお茶を勧め、以前来たことがある人にも同じようにお茶を勧めたのはなぜですか」と尋ねたところ、禅師は突然「院主さん」と呼びかけます。思わず「はい」と答えた院主に、やはり禅師は「喫茶去」とお茶を勧めたということです。

どのような答えに対しても「喫茶去」と応える禅師の、爽やかな境地に思いを致すべし、とも説かれます。しかし、この話の眼目は、禅師が突然「院主さん」と呼びかけ、思わず院主が「はい」と答えたことであることは明らかです。院主は思弁の世界から呼び戻されて、ひとりの人間として禅師の前に立っている自分に気づきます。目の前にいる禅師もまた呼びかけたひとりの人間です。

秋季茶会の話し声の途絶えた広間には、わたしが茶筅でお茶を攪拌する音が響き、同時にお茶の香りが広がっており、そこには、正客の温かい視線が注がれていました。まさに、呼びかければ「はい」と応えてくれる正客の眼差しです。それは、弛緩しきった自他未分離の関係から生まれるものではない、その人に対してただひたすらにお茶を差し上げるわたしに向けての眼差しでした。

もうひとつ、「お茶を差し上げる」ということについて思い出した話があります。

哲学者の鷲田清一《わしだきよかず》さんはその著書『じぶん・この不思議な存在』（講談社現代新書）の

なかで、「お茶をふるまう」ただそれだけのことがいかに難しく、そして人を感動させうるのかを、鮮やかに描き出しています。

ある人のために、何かを「してあげる」という意識のなかでは、自分と他者とは「施す人」「施される人」とに転位され、それぞれが取り替えのきかない個別性を失って、匿名化してしまいます。そのような「してあげる」という意識から解き放たれ、かたくなな心が解きほぐされたケースとして、精神科医ロナルド・D・レインの破瓜型分裂病患者について触れています。その患者は、看護師が何げなく差し出した一杯のお茶に感動してこう言うのでした。

「だれかがわたしに一杯のお茶をくださったただなんて、これが生まれて初めてです」

鷲田さんは、この患者の感動を次のように解説しています。

だれだってだれかのためにお茶をいれることはできる。しかしそれが、求められたからでなく、業務としてでもなく、もちろん茶碗を自慢するためでもなくて、「だれかのため」「なにかのため」という意識がまったくなしに、ただあるひとに一杯のお茶を供することにあって、そしてそれ以上でも以下でもないという事実は、それほどありふれ

たものではない。レインの患者はその事実に胸を熱くしたのである。（前掲書）

茶会の席でのわたしの点前も、何かをしてあげるという意識から遠いものでした。それは、正客が注いでくださる温かな眼差しに応えようとする一心の振る舞いにほかなりません。呼びかければ「はい」と応えてくれる正客と、その眼差しに応えようとする点前とが、相互に受け入れ合うことで、おだやかにみずからをも受け入れる、そのような心持ちを確かに感じることができました。

これは役割をはっきり決めている練習では決して味わうことのできない、鷲田さんが語る「ありふれたものではない」経験でした。

天下一の点前

お茶会の点前で感じたことのひとつは、かりにわたしが、自分でも納得のいくような点前を披露できたとして、そのことの達成感にどれほどの意味があるのだろうかという疑問です。そんなことを目指すのならば、茶道の稽古に励む理由も見当たりません。そこで、利休のこんな逸話を思い出しました。

利休が宇治の茶商上林竹庵の茶会に招かれたときのことです。弟子を伴って利休が来訪したことを、竹庵は無常の喜びとして茶室に案内しました。懐石を運び出し中立《なかだち》に至るまでは大過なく茶事は進みましたが、濃茶の点前になると天下の茶匠を迎えた緊張から、竹庵の手もとはふるえ、茶杓を滑り落とす、茶筅を倒すという粗相をしでかし、散々な点前になってしまいました。

相客である利休の弟子たちは、目配せをして腹の中で笑っていましたが、利休の反応は違いました。利休は「本日の点前は天下一である」と言って褒めたのです。茶会からの帰り道、弟子のひとりが利休の意図するところを尋ねると、利休はこう答えたのだそうです。

「竹庵は点前を見せる為に我々を招いたのではない。ただ一服の茶を振舞おうと思って招いたのである。ただ湯がたぎっている間に一服の茶を点てようと思って、怪我・あやまちを顧みないで一心に茶を点ててもてなしてくれたではないか。その心に感じ入ったからこそ賞賛したわけである」（筒井紘一著『茶人の逸話』淡交社）

「ただ一服のお茶を振舞おう」という竹庵の「贈り物」は、利休には届き、弟子たちには届きませんでした。これを茶道の真髄の何たるかを心得た師と、未熟な弟子の違いととらえたのでは、茶道の仲間内だけにしか通じない、それだけの話になってしまいます。

わたしは茶席のなかで、正客の温かい視線が注がれていることを感じ、その心になんとか応えようと意識を集中させたため、さしたる動揺もなく手順を間違えることもありませんでした。先ほど述べたように、おだやかにみずからをも受け入れる気持ちを得ることができたのです。その茶席の場の雰囲気は、わたしにとって、かけがえのない贈り物でした。

利休は「ただ一服のお茶を振舞う」という竹庵の心を、「贈り物」として受け取ることで、茶会を成立させました。隙のない流れるような点前であれば、見逃してしまうような「贈り物」に改めて気づかせてくれたので、「天下一の点前」とまで褒めたのだと思います。逆の見方をすれば、そうやってようやく成立するものが「茶事」なのだと、厳しく弟子たちをたしなめたのだと思います。

四　修行のなかの発見

遊びと制約

茶道の約束事には、どういう意味があるのか、稽古を積んでいくと最初無意味に思えていた作法のひとつひとつに、極めて合理的な理由があることが分かってきます。しかし、それでも、これはそう決められているからそうなのだ、としか説明のつかないものもあります。この、理由がはっきりと分からない制約をどう考えるべきなのでしょうか。

玄侑宗久さんの著書『禅語遊心』（ちくま文庫）にこんなくだりがありました。

たとえばセメントを作るため、砂利をスコップで一輪車に入れ、運んでいたとしよう。そしてそこに、代行してくれる人が現れた場合、誰でも喜んでその人に代わってもらうのではないだろうか。会社というのは、基本的にそうした側面をもっている。入れ替えのきくことが、層の厚さであったりもする。つまりどの社員も「かけがえのない」

人ではないということだ。
しかし砂場で一心に砂いじりをしている子供はどうだろう。大変だろうから、代わりましょうかって、そんな莫迦な話は請け負わないはずだ。楽しくてしているのだから、代わりのきくことではないのである。（前掲書）

自分の行動すべてが砂場で遊ぶようでありたい、そう思うのが禅の遊戯三昧なのだと、玄侑和尚は語ります。しかし、真剣な遊びはそれほど簡単なものではありません。第一章で述べたように、その遊びが真に豊かであるためには、のめり込む局面と、一歩引いてみる局面の両方が必要だからです。玄侑さんは続けて次のように述べています。

真剣に遊ぶというのは、とても危険なことだ。なぜなら、遊びの場では、やがて予期せぬことこそが望まれるようになるからだ。予定どおり進むのは遊びではない。しかし無制約の遊びは危険すぎる。いつ終わるかも、何が起こるかも予想がつかないなんて、怖すぎるじゃないか。だから茶室には制約も多いわけだ。たくさんの制約を無意識にこなせるほどになって、人は初めて遊べる。（前掲書）

制約や約束事から離れ、一心に遊ぶ境地に達しながら、なおかつその遊びが制約によって成り立っているという、複雑なことが描かれています。たくさんの制約を無意識にこなせるようになるとは、それが制約から離れていないかを見届ける、もうひとつの視点を持つということだと思います。ちょうど、遊びに夢中になっている子どもを見守る、親の視点を持つように。

そうすることで、遊びそのものが無限の豊かさをはらみながら、無事にひとつところに収まるような、反復可能なものになるのではないでしょうか。

そういえば、一年のうち二月だけに設えられる「大炉《だいろ》」では、普段の炉の位置とは対角線上逆側に炉が設けられるので、普段の点前とは左右が逆になります。このとき、相当の経験者でも頭が混乱し、立ち往生しては稽古の場は笑いに包まれます。見守る親の視点も混乱してしまうので、ちょうど親も一緒に遊んでいるような楽しい雰囲気に包まれるのです。

茶道の三心

お茶の稽古ではひと月に一回「花月」を行います。五人の出席者が札を引いて、その出札によって「亭主」になったり「正客」「次客」になったりと、役割が瞬時に変わります。全員が息を揃えて整然と役割交代をする、稽古ではその流れの美しさを目指すのです。先ほど述べた「大炉」では、普段の点前とは左右が逆になりますし、「花月」では亭主と客の関係が、瞬間に逆転することになります。

このように茶道には、もともとある決まり事や役割分担を、シャッフルしてほどいてみせるような技法があります。わたしにはこれが何を意味しているのかよく分かりませんでしたが、道元禅師の「三心」について、玄侑宗久さんが語っているのを読んで、理解の端緒をつかんだように思いました。

道元禅師は『典座教訓』という書物の中で、修行僧が食事を作る際の心構えとして大切なものを、「喜心、老心、大心」の三心であると説いています。以下、玄侑さんの説明を引用します。

道元禅師は、人は三つの心を持たなければいけないというふうにおっしゃるんです。ひとつめが「喜心」、喜ぶ心。二つめが「老心」、親が子どもを慈悲深く見つめるように見る心。三つめが「大心」、大きな心というのは、おもしろいんですけど、「春声にひかれて春沢に遊ばず、秋色を見るといえども更に秋心なし」という表現があります。昼の、たとえば鳥の鳴き声とかを聞いて心躍る気持ちがあっても、だからといって春の沢まで出ていってはしゃぎ回ったりはしない。秋の景色に寂しさを感じても、心の中まで寂しくなったりはしない。

ある部分では感覚を研ぎ澄ませなきゃいけないけれども、ある部分では非常に気にしなくならなきゃいけないというところがあって、その辺のかねあいなのかなと思いますね。(『中途半端もありがたい』東京書籍)

喜んで相手のために奉仕する気持ち、相手を気遣って温かく接する思い。これなしでは気持ちのこもった食事を提供することはできません。しかし、これらは諸刃の剣なのかもしれません。相手のことを思って「熱に浮かれたように」人に尽くすことも、我々にはできてしまうからです。ホスピタリティを心がけながら、疲弊しきっている人は山のようにいます。

まずは相手を喜ばせること、慈しむことから始めるけれども、決してそこには耽溺しない。喜ばせたい自分、人を慈しむ自分をも、どこかで突き放してみることができなければ、自分も相手も参ってしまう。そういうことをしっかり心に留める知恵を「大心」というのではないか、と理解しました。

一瞬前までの「正客」が出札によって瞬時に「亭主」になり、もてなす側の役回りを引き受ける。いつもの点前の逆勝手で客に接し、もてなす側と客と道具との関係を再構築し直す。茶道のなかに見られる、既成のものをほどいてみせる技法は、「大心」を養う知恵なのではないか、そんなことを考えました。

客の心になりて亭主せよ

多くの名物道具を収集し、分類したことで知られる大名茶人 松江藩藩主松平不昧《まつだいらふまい》は、「客の心になりて亭主せよ。亭主の心になりて客いたせ」と言いました。これを、相手の気持ちになって人に接しなさいという意味に解してしまっては、この語の本当の面白味をなくします。

先ほど述べた「花月」の稽古のように、役割を演じることを意識しながら、その役割に没入するという、本来ならば両立困難なことを行うのが、茶の湯の奥深いところです。どうせ役割にすぎないのだという冷めた姿勢で接するのではなく、割り振られた役割だからこそ没入せよとみずからに命じるのです。

玄侑宗久さんは、お茶席の心得を禅語の「主人公」にたとえて次のように語ります。

お茶席では、縁に応じて客にもなり、亭主にもなる。べつに亭主がエライというわけではない。それぞれその役に三昧になることでそれぞれが「主人公」になる。百パーセントその役になりきった状態が「主人公」なのだ。(『禅語遊心』ちくま文庫)

さまざまな役どころとは別に、本当の自分という「主人公」がいて、より高い次元から役割を演じる世界を見下ろすという図式ではなく、役割に没入しているその人を「主人公」というのです。これは難しい考え方です。

『無門関《むもんかん》』という禅問答集では、瑞巌和尚の不思議な姿が描かれています。和尚はみずからに向かって「主人公」と呼びかけ、それに「はい」と応えます。「はっきりと目を醒ましていろよ」「はい」「これから先も人に騙されないようにな」「はい」というように、和尚は毎日独り言を言っていたというのです。内省してみずからのうちに閉じていくのではなく、「はい」と応える自分を「主人公」として名付けて構築し直す姿です。

禅僧の南直哉さんは、これを倫理的なるものの始まりであると、次のように述べています。

私が考えるのは、自己とはその存在の構造として、対話的であるということです。「主人公」とは《呼びかけられ・返事をする》ような構造のことなのです。自己が始まるのは、自己でない誰かの呼びかけに「はい」と言ったときです。私は、およそ倫理的なるものは、この「はい」に発すると思います。もし、自己が自己自体から始まるなら、およそ、倫理はいらないでしょう。(『刺さる言葉』筑摩書房)

冒頭に掲げた、松平不昧の「客の心になりて亭主せよ。亭主の心になりて客いたせ」は、客に応える亭主であること、亭主のお点前に応じる客であることを忘れるべからず、と述べているのだと思います。視座の移転といってもよいでしょう。

「はい」と応える者でありながら、その世界にのめり込むことのできるのが「主人公」だとすると、次のように言うことができるかもしれません。「主人公」は、相手に向かって開いているからこそ、この世界にまっすぐ向き合うことができるのだと。

見えない季節

妻の友達が娘へのプレゼントとしてくださった本『詩のこころを読む』（茨木のり子著／岩波ジュニア文庫）を、娘から借りてパラパラとめくっていると、牟《む》礼《れ》慶《けい》子《こ》さんの詩に目が止まりました。ちょうど千宗屋さんの『茶――利休と今をつなぐ』（新潮新書）を読んで深い感銘を受けていたところで、二つの本の不思議な同期に驚きました。

見えない季節　牟礼慶子

できるなら
日々のくらしを　土の中のくらさに
似せてはいけないでしょうか
地上は今
ひどく形而上学的な季節
花も紅葉もぬぎすてた
風景の枯淡をよしとする思想もありますが
ともあれ　くらい土の中では
やがて来る華麗な祝祭のために
数かぎりないものたちが生きているのです
その上人間の知恵は
触れればくずれるチューリップの青い芽を
まだ見えないうちにさえ

春だとも未来だともよぶことができるのです

茨木のり子さんは、この詩を青春の真っ只中にある苦しみに、重ねています。冒頭三行は「つぶやきとも悲鳴とも忍耐ともつかない内的独白をかかえて、苦闘する」さまを表しています。

これに続く「地上は今／ひどく形而上学的な季節／花も紅葉もぬぎすてた／風景の枯淡をよしとする思想もありますが」のあたりは、『新古今和歌集』藤原定家の次の歌を踏まえているのだそうです。

み渡せば花も紅葉もなかりけり浦の苫屋の秋の夕ぐれ

枯淡をよしとする定家の歌には、瞬間的に想起させた花や紅葉の彩りが、直ちに「不在」となるレトリックによって物寂しい世界を演出する旨さがありますが、やや理に勝ちすぎるところがあるかもしれません。

これに対して、同じく「侘しさ」を詠んだ藤原家隆の次の歌は違う趣を漂わせています。

花をのみまつらん人にやまざとのゆきまの草の春をみせばや

千宗屋さんが『茶──利休と今をつなぐ』で述べていることですが、定家の「枯淡をよしとする」侘びの姿が、利休の師武野紹鷗《たけのじょうおう》のそれであるのに対し、藤原家隆の境地は利休の侘びの姿を表しているのだそうです。定家の歌が、瞬間にイメージさせた花や紅葉が「不在」であることによって侘びを引き出すのに対し、家隆の歌は、今あるもの・ことから無限にイメージを膨らませていく、能動的な侘びを醸し出します。そして、後者こそが利休のものだ、というのです。

真っ白な雪に埋もれた清新な世界にも、万物が生い育っていく春があり、その春を待ち焦がれる人の心にはもうすでに春は始まっている。そう詠む家隆の歌は、前掲詩の後段にそのままつながります。

「ともあれ　くらい土の中では／やがて来る華麗な祝祭のために／数かぎりないものたちが生きているのです／その上人間の知恵は／触れればくずれるチューリップの青い芽を／まだ見えないうちにさえ／春だとも未来だともよぶことができるのです」

茨木さんは解説のなかで「もっと豊穣なもの、たわわな色彩、躍動的なものを準備し用意しているものへの期待をあらわにしています」と述べています。詩の中段が紹鷗の思弁的、内省的な世界であるとすると、後段にいたって、利休の「能動的な美」の世界へ移行するのです。

ここで注目したいのは、美に対する姿勢や、侘びのあり方の図式的な対比ではなく、「できるなら／日々のくらしを　土の中のくらさに／似せてはいけないでしょうか」で始まる、つぶやきとも悲鳴ともつかない独白から、一気に描ききられていることです。

理屈による救いではなく、苦悶の底にいても腹から湧き上がるような歓びはきっと生まれる。こんなに真っ暗な今だけれども、せめてこう考えることはできないだろうか、と。

後段の躍動的なくだりは、祈りの末にたどり着くような境地にも見えてきます。

足らざるに足るを知る

民芸運動で知られる柳宗悦は、茶の道に入ることなく、在野の人として茶を自由に論じました。旧弊に対するあけすけな批判を展開したため、茶道の世界では正面から論じられることが少ないかもしれません。しかし彼の批判精神は、利休の旧来の茶の世界に向かう挑戦の気概と、相通じるところがあるとも思います。

その著書『茶道論集』(岩波文庫)の一節に、利休の「能動的な美」に触れるきっかけを感じました。それが「足らざるに足るを知る」という言葉です。

「足るを知る」という言葉が、ひたすらに内省に向かって自足してしまうのに対し、柳宗悦は、茶の本質をもっと開かれたところに見出します。「足るを知る」というふうに、ひとつの境地に自分を閉じ込めるのではなく、無限なるものに向かって自分を開いていくために「足らざる」場所に自分を置く、このことを「足らざるに足るを知る」という言葉で言い表します。

彼は、茶の本質を「わび、さび」ではなく「渋さ」という民衆の言葉で語っています。そしてその真髄は「貧の心」にあると言います。そしてその「貧」を茶器の「簡素な形、静かな膚、くすめる色、飾りなき姿」に見るのです。茶器の「貧」は、陰りの中に余韻や暗示が満ちていて、それらに触れることによって、無限に向かって自分が開かれていく。そのことに宗悦は「足るを感じる」のです。「貧の心」は、無限に向かう可能性に、みずからを賭ける潔さも持ち合わせている、と言ってもよいでしょう。そこには「むさぼり」とは無縁の贅沢さがあります。

日々の稽古のなかでも、「開けていく」感覚を持つことがあります。たとえば、宗悦が称揚する井戸茶碗は、民衆の雑器から生まれたと言われるだけあって、華やかな美、意匠を凝らせる作為から遠いものです。土味がそのまま表れた肌からは、和物茶碗とは違う荒々しささえ感じます。

しかし、膝前に置いて眺めているとその造形の力強さが伝わってきます。口辺から胴、高台にかけての曲線、そしてこれを受ける高台の立ち上がりの逞しさ。手に取ってみると思いのほか軽く、ざっくりした土を焼いていることがわかります。口に運んでみるとやわらかく、熱の伝わりかたもやさしく感じます。胴に表れたろくろの段々が指に馴染む心地よい感覚を味わいながら碗を傾けると、「井戸」の名のとおり見込（碗の内側）はどこまでも広く深い。そして、これらは茶を喫するという動作の過程で、次々に「開けていく」驚きでもあります。機能性や綺麗さを追求した「豊かな」器では味わうことのできない美の世界です。

作者の企みだけに目を向けることを、あらかじめ絶たれていることが「貧の心」を自由に羽ばたかせてくれるのでしょう。

先ほど触れた藤原家隆の「ゆきまの草」がはらむ強靭な伸びやかさが、ここに息づいています。

百尺竿頭進一歩

今の自分が勝手に作り上げられた垣根を破れというのが、「百尺竿頭《ひゃくしゃくかんとう》に一歩を進む」の禅語の言い表すところでしょう。前人未踏の最先端に立ってもなお、その先を目指すという言葉です。

玄侑宗久さんのたとえによると、人間の尽きることがない可能性は、ちょうど無限の「引き出し」のあるタンスのようなものです。引き出しは無限であるにもかかわらず、どうしても習慣によって開ける引き出しが決まってしまう。そこで、背伸びをして高い位置にあるものや、遠くのものも開けてみる。それが修行としての日常だというのです。

そもそも、わたしたちは、引き出しを無限に持っているという認識すらありません。習慣的に開けている引き出しが、わたしのすべてであって、それ以外の可能性に気がつかないのです。そこで、背伸びをして高いところに目をやったり、遠くに手を伸ばしたりしてみて、初めて引き出しの存在に気がつくのではないでしょうか。


それでは、人に背を伸ばしたり手を伸ばすことをさせるのは何でしょうか。まさに、先ほど述べた「足らないこと」や「陰り」のようなものだと思います。松下幸之助が成功する人が備えていなければならない三つのものとして「愛嬌」「運が強そうなこと」そして「後ろ姿」だと述べたことを、前に紹介しました。

自分がどうにかしなければいけないと思わせて、ついついその人のために動いてしまう、そういう「陰り」のようなものが、ああでもないこうでもないと、新しい「引き出し」に手を伸ばさせるのです。

千手観音の手がなぜあのようにたくさんあるのかという問いに対して、「闇の中、後ろ手で枕を探す」と答える禅問答があるのだそうです。観音様の慈悲とは、救うべき人とその苦悩をあらかじめ熟知していて、超能力で片っ端から片付けていくようなものではなく、闇の中で枕を探すような当てのない行動だというのです。「陰り」のようなものに導かれて、失敗を繰り返しながら、それでもあきらめずに、その手がようやく「陰り」を癒やすところにたどり着くのです。

このように考えてくると、利休の能動的な美とは、「陰り」とそれによって引き出される無限の可能性との、両者の出会いによって生み出されるエネルギーのようなものと理解することができないでしょうか。ちょうど「自分がどうにかしなければならない」と、「その人」のために、居てもたってもいられなくなるように。

槿花《きんか》一朝《いっちょう》の夢《ゆめ》

宗旦木槿《そうたんむくげ》の花が咲いています。

何十年に一度と言われる勢力の台風に吹き飛ばされないように、夜中のうちに室内に避難させていたプランターを、台風が過ぎて屋外に出しておいたところ、翌朝になってみると柔らかな花弁を広げていました。まるで暴風雨から守ってくれたお礼のようです。

葉陰に咲いている一輪の花は、白色に底紅の色が淡く浮き出ていて、別の世界への入り口がふんわりと開いているようにも見えます。そして今朝咲いたこの花は、夕方にはしぼんでしまうのです。

一日限りにしぼんでしまうはかなさを、「槿花一朝の夢」と言ったりしますが、利休の孫「宗旦」が、この言葉とともに、白地に底紅の木槿の花をことのほか愛でたことから、「宗旦木槿」と呼ばれるようになりました。宗旦が茶の湯に求めたのは、はかなさを伴う、圧倒的な存在感なのだと思います。

利休の孫とはいえ、もともと後妻の連れ子の子という立場の宗旦は、利休の勧めもあって大徳寺に預けられました。秀吉の勘気に触れて断絶していた千家が復興したのち還俗し、利休のわび茶の発展に力を注ぐことになります。

徳川家をはじめ諸大名からの仕官の誘いをすべて断り、清貧を貫いた生活は困窮を極めたそうです。また、その生活ぶりが乞食修行をしているように見えるので「乞食宗旦」とも呼ばれたともいいます。宗旦の茶に対する利休高弟からの批判も厳しかったようで、おのれの信じる茶の道をひとり歩む姿と、一日限りで散ってゆく花の姿の、佇まいの潔さが重なるようにも思えます。

さて、「槿花一朝の夢」の出典をたどっていくと、白居易の詩の「槿花一日の栄」に行き着きます。

松樹千年終是朽（松樹千年終に是れ朽ち）
槿花一日自為栄（槿花一日自ら栄を為す）

以下が大意です。
松の寿命は千年というが、いつかは朽ち果てる時を迎える。
木槿の花はただ一日の命ながら、その命を立派に咲かせて全うしている。

「松樹千年」に詠まれる永遠の姿を圧倒するような、木槿の「一日」の輝きを白居易は詠います。そして次のように続けます。「どうして、いつも生きるのに恋々として、死を恐れるのか。あるいは、いたずらにわが身を無用なものと思って、生きていることを厭うのであろうか」と。

後段の、どうしていたずらにわが身を無用なものと思って、生きていることを厭うのであろうか、のくだりは、そのまま宗旦の境遇と、それを跳ね返す力強さを連想させます。

そういえば、思いがけず顔をのぞかせたたおやかな花は、猛烈な台風をくぐり抜けた力を宿しているようにも見えます。堂々とおのれの姿を貫きとおして、恬淡としている力強さです。

宗旦は木槿の姿にみずからを重ね合わせて、逆境を跳ね返していたのでしょう。わたしはそうやって木槿をみずからに重ねた宗旦が到達した茶の姿を思い描きます。わたしの敬愛する作家葉室麟さんに大きな影響を与えた筑豊文庫の上野英信さんの姿と、葉室さんの描いた『蜩ノ記』の主人公とが重なるように、そこには人の心を惹きつけるものをバトンのようにつないでいく姿が見られます。ところが、葉室さんの世界と違って宗旦の茶の世界に新しく登場するのは、人ではない「木槿の美」です。このように考えてくると、「美」と「倫理」とが重なる稀有な場所として、茶の世界をとらえることができるのだと思うのです。

梅の古木の対話

これも稽古のなかの話ではありませんが、新元号「令和」が発表されたときの、感慨を記したものです。わたしは新元号の発表を、クライアントに向かう車中のラジオで聴きました。ちょうど尊敬する歌人永田和宏さんが解説をしておられ、新しい元号が万葉集に収められている「梅花の宴」の序文から採られたものだということを、そのとき知ることができました。たまたま、太宰府インターから九州高速道に乗ろうとしていたときでもあり、想いは万葉の世界に馳せるのでした。

「令和」の典拠である「梅花の歌三十二首」序文は、大伴旅人の手によるものと言われています。

七三〇年に催された「梅花の宴」の席には、大伴旅人のほか、山上憶良や九州一円の役人や医師、陰陽師といった人たちが集まりました。

つまり、当代一流の文人の共演の席ではありましたが、その宴は、辺境の地にたまたま滞在していた貴族や知識人の、教養を競い合うだけの場だったのでしょうか。

東アジアの緊張関係や、列島のなかでの大和朝廷の不安定さを視野に入れると、全く違う景色が見えてきます。

中国の統一国家、唐は、朝鮮半島に鼎立する三国のうち新羅と結び、百済、高句麗を次々と滅ぼしました。六六三年に日本は百済の再建を目指して唐・新羅と白村江に戦いましたが、唐軍に大敗し、日本は半島から手を引くこととなります。これを契機に、唐が攻めてくるのではないかとの憂慮から、九州沿岸の防衛のために防人が設置されるほどの国家的な危機でもありました。

半島情勢はその後も流動的で、唐の支配政策に反対していた旧高句麗集団が、六九八年に渤海を建国し、新羅の後方牽制のために日本と積極的な外交を展開し始めます。

国内に目を転じると、七二〇年には「隼人の反乱」が起こり、大伴旅人は「征隼人持節大将軍」に任命され、反乱の鎮圧に当たりました。鎮圧は一定の成果をおさめましたが、右大臣藤原不比等が亡くなったことから、反乱鎮圧半ばで、旅人は京への帰還を命じられます。京では、聖武天皇の即位に伴って正三位に叙せられています。

ところで、遣唐使に任命され最新の学問を研鑽して帰国した山上憶良は、当時東宮であった聖武天皇の侍講に抜擢されています。梅花の宴で同席する旅人と憶良は、政権の中枢部で結ばれていたということです。

七二六年に憶良は筑前守に任ぜられ下向しており、この時期の九州北部の政治的重要さを窺い知ることができます。その二年後の七二八年、旅人は「大宰帥」として大宰府に赴任しています。旅人の任官については、当時権力を握っていた左大臣長屋王排斥に向けた藤原四兄弟による一種の左遷人事という見方もありますが、内政、外交ともに急所とも言える困難な地に、余人をもって代え難い大伴旅人が、あえて派遣されたのだという見方もあります。

いずれにせよ、頭抜けた武人・政治家である旅人と、最先端の外国の知見を備えた英才憶良が、この地で相まみえ、のちに「筑紫歌壇」と呼ばれる文化サークルを形成することになります。

しかし旅人にとって六十歳を超える任官は厳しいものであり、赴任後間もなく妻を亡くしたことは、大きな心の痛手でした。

梅花の宴で、憶良は次の歌を詠みます。

春さればまづ咲くやどの梅の花独り見つつや春日暮らさむ

大意は「庭の梅を独り見ながら暮らされるのでしょうか。ご心中深くお察しします」というもので、妻を失った旅人を気遣う歌です。これに応えるように、旅人は次の歌を詠みます。

我が園に梅の花散るひさかたの天より雪の流れ来るかも

「わたしの庭に梅の花が散っている。あたかも天から雪が流れ来るかのようだ」という歌で、憶良に対して、もの悲しい気持ちをそのままに伝えています。

さらに旅人は「後に梅の歌に追和せし四首」として、前掲首に続く、亡き妻を想う歌を四首詠んでいます。そのなかの一首がこれです。

梅の花夢に語らくみやびたる花と我れ思ふ酒に浮かべこそ

梅の花が夢で語りかけるには、「みやびな花だと自分でも思います。お酒に浮かべてくださいな」という風変わりな歌です。亡き妻が梅の精になって、自分に語りかけてくる、亡き妻ともそういう対話が成り立っているのだ、と憶良の心遣いに応えるのです。

憶良は遣唐使として仏教を深く学び、官人という立場にありながら、重税に喘ぐ農民や、防人に狩られる夫を見守る妻など、社会的な弱者を鋭く観察した歌を多数詠んでいます。『貧窮問答歌』『子を思ふ歌』などがそれです。防人の指揮に当たるのは太宰府でありその長官は、他ならぬ旅人なのですから、筑紫歌壇はただの仲良しグループではないことがよく分かります。

旅人も憶良も、その時代の社会の矛盾が露呈する最前線の場所にいて、そのうえで心を通わせていた、そう考えることはできないでしょうか。

長屋王の変後、旅人は太政官において臣下最高位となり、七三〇年十月に京に召喚され大納言に任じられますが、翌七三一年病を得て他界します。憶良は翌七三二年筑前守任期を終えて帰京し、まるで旅人の後を追うように没します。

雅の世界としてのみ語られる梅花の宴も、こうして詠み手の置かれた境遇を振り返ると、旅人と憶良という厳しい風雪に耐えた古木どうしが、魂を交わし合った場所のように思えるのです。

ビジョンと覚悟を持った者どうしが、お互いの視線から改めて世の中を見つめ直し、そうすることでこの世の中が息づいてくる。万葉の世界にも、そのようなダイナミズムが働いていたのかと思いは膨らみます。

あとがき

職業柄、終わりからさかのぼって考える癖がついています。

この申告を期限までに提出するためには、クライアントの会計資料をいつまでに受け取らなければならないかとか、こういう結果を期待するためには、何年前にはどういう準備をしておかなければならないか、とかいった具合です。このような見方ができるから、数世代にわたるクライアントとの、長いお付き合いが可能なのだと思います。

工場や病院など大きな設備を伴う事業においては、相続税のことを抜きにしては事業承継もままならないので、資産課税の重みが増すにつれて、わたしたちのようなものの考え方が必要とされるのだと思います。

しかし、今述べた「終わり」とは、長く続く企業やプロジェクトなどの「節目」のことに過ぎません。本当の意味での終わりとは、言うまでもなく「死」を意味するのだと思います。死からさかのぼって何かを考えるとは、少なくとも相続対策ではありません。それは、基本的に残された相続人の問題だからです。

それでは「死」からさかのぼって物事を考えるとは、本書のなかで述べた「遠山無限碧層々」の言葉のように、今まで歩んできた道のりを、夕景に沈む大きな山影のようにとらえて、そうして大きな安心を得ることを目標として考えることなのでしょうか。

わたしは「遠山無限碧層々」の話が好きで、最晩年にそのように人生を振り返ることができればいいと考えますが、しかし、それはおそらく長い苦労の末に、ご褒美のようについてくる境地なのだと思います。


「死」からさかのぼって考えることとは、日常生活のルーティンに「今」を埋没させるのではなく、「かけがえのない今」として息づかせることを目指すことではないか、そうわたしは考えています。

あなたが自分自身を「わたし」と言うのとは違う「ほかならぬわたし」があるように、わたしが過去に感じた「今」とも、将来感じるであろう「今」とも違う、「ほかならぬ今」と呼べる瞬間があります。「ほかならぬわたし」も「ほかならぬ今」も、誰かが決して肩代わりすることのできない「ほかならぬ」ものです。本書で述べたように、「ほかならぬこのわたし」にとらわれている限り、わたしは窓のないトーチカに閉じこもり、身動きが取れなくなっていました。それでは、「ほかならぬ今」を息づかせるとは、自分だけの何ものかに閉じこもることではないでしょうか。

もう一度、本書の理路に立ち返ってみます。

「ほかならぬこのわたし」の呪縛から解き放ってくれたのは、「ほかならぬあのひと」の視座からこの世の中を見ることによってでした。そういう視座の移転によって、「ほかならぬあのひと」がそうしたように、世の中と新たに関係を取り結ぶことができます。そのとき、「今」は、わたしがルーティンの生活に埋没していたときとは違う彩りを帯びてきます。世界が賦活されるということは、今こうしていることが「ほかならぬ今」として立ち上がるときなのだと思います。

チャンチンの新芽が新たに彩りを取り戻したとき、それは少なくともこれまでの季節のめぐり合わせの繰り返しではありませんでした。その彩りは「あのひと」が見たであろう彩りの復活であり、わたしにとっての「ほかならぬ今」だったのです。

「死」からさかのぼって考えるとは、自分自身の有限性に気づき、死者あるいは優れた他者の目線で考えることであり、自分が死んだのちにバトンとなりうるかを問うてみて、

「今」を生きることではないかと考えます。

今を生きるということは、しかし、決して心はずむばかりのことではありません。幸福の規格品のようなものを選びとることから最も遠い、荒野に立つ覚悟が求められる厳しい道です。「ほかならぬあのひと」に導かれる世界がどのようなものか、あらかじめ想像することができないからです。

芭蕉の晩年の句に次のようなものがあります。

よく見れば薺《なずな》花咲く垣根かな

「よく見る」ことによってようやく気づく密やかな美の境地です。そして芭蕉をして「よく見る」ことをさせたのは、なずなの花の醸し出す枯淡な風情です。わたしは、この句を読むと、芭蕉がみずからの死を意識することで、別の視座から「よく見る」ことを促されたかの印象を受けるのです。そうすることで、なんでもない垣根の様子が変わり、「今」が息づいてきます。

歳をとることによって死が近くなり、改めて「よく見る」ことが可能になって、それがやがて「善く生きる」きっかけになる。もしそうならば、歳をとることもよいことだと、しみじみと思います。

さて、本書は新型コロナウイルス禍の最中に書かれ、今も福岡県に三度目の緊急事態宣言が発出されています。この間、さまざまな企業の苦境を目にしてきました。会社経営者の「ほかならぬ今」がとてつもなく苦しく、一刻も早く過ぎ去ってほしい「今」なのかもしれない。そういう思いが頭から離れたことはありませんでした。

それでも、いや、それだからこそ「今」を息づかせる言葉を紡ぐことができればと念じながら、筆を進めました。この苦境を乗り越えようと魂を削るような努力をされている方に、本書が少しでも応援の言葉となることを祈りながら、筆を置きます。

瀬戸　英晴

令和三年五月

著者プロフィール

瀬戸 英晴（せと ひではる）

1959年、福岡県生まれ。

中央大学法学部法律学科卒業後、税理士事務所勤務を経て税理士資格取得。

その後、米国ジョージワシントン大学にてMBA課程を修了し、帰国後、税理士法人福岡中央会計、代表社員に就任する。

ほかならぬあのひと

2021年８月15日　初版第１刷発行

著　者　瀬戸 英晴
発行者　瓜谷 綱延
発行所　株式会社文芸社
〒160-0022　東京都新宿区新宿１－10－１
電話　03-5369-3060（代表）
03-5369-2299（販売）

印刷所　株式会社フクイン

ISBN978-4-286-22868-6　JASRAC 出 2104472－101